且听风吟

岑其 著

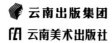

云南出版集团

云南美术出版社

图书在版编目（ＣＩＰ）数据

且听风吟 / 岑其著 . –– 昆明 : 云南美术出版社，
2022.3
ISBN 978-7-5489-4820-9

Ⅰ . ①且… Ⅱ . ①岑… Ⅲ . ①诗集－中国－当代
Ⅳ . ① I227

中国版本图书馆 CIP 数据核字 (2022) 第 047287 号

出 版 人：刘大伟
责任编辑：方　帆
责任校对：孙雨亮　贾　远
装帧设计：书点文化

且听风吟

岑其　著

出版发行：云南出版集团
　　　　　云南美术出版社（昆明市环城西路 609 号）
印　　装：成都蓉军广告印务有限责任公司
开　　本：889mm×1194mm　1/32
印　　张：17.5
字　　数：180 千
版　　次：2022 年 3 月第 1 版
印　　次：2022 年 3 月第 1 次印刷
书　　号：ISBN 978-7-5489-4820-9
定　　价：88.00 元

180cm×97cm《春云远浦》

180cm × 97cm《江堤晚晴》

116.5cm × 52cm《黄鹤楼》

93cm × 31.5cm《画眉未稳，料素娥，犹带离恨》

84cm×36cm《东风著意，先上小桃枝》

143×75cm《李珣诗意》

90.5cm×51.5cm《霜叶红于二月花》

143cm×72cm《姚云文词意》

故园凝望空，归帆一醉迷

——岑其2020年诗集《且听风吟》序

孙　侃

　　始终停不下画笔，却依然忍不住吟咏，数十年来的岑其就在诗与画的世界中度过，逍遥且匆促，自得其乐却又藏有永不满足的野心。随着年龄的增加，他的画风渐渐变得沉稳、豁然，他的诗文在保持明白晓畅这一风格之外，又添了更多的愁情别绪。愁情别绪并非只表现故人的远离、岁月的跌宕、情感的孤独、欲望的不可满足，更多的是对人生深邃的思考，对逝去年华的追忆和对未来时日隐隐的恐惧。不吝展露内心、不掩饰情感的任何一个角落，在夜半或者凌晨推窗低吟，一唱三叹，借此记录自己的行踪和心灵轨迹，这些特点在这部新诗集《且听风吟》中，无疑表现得更为淋漓尽致。

　　"又中秋，婉娩流年。画堂寂寞，能赋词绸帙迟暮。微波淡月，恐回首多与心违。空苦今夜，黄花凋零处，梦里春风如昔，一杯凉茶，五十二荏苒。最堪爱，云外山河，夕阳下，月初上，望里隐隐，零落一身千年。"不能苛求这首题为《五十二周岁生日后得此感》的仿古诗，是否与古人的诗词格律完全合榫，也不必讨论岑其的愁怀与古人有多少相通之处，我只觉得，我被这些文字打动了。人生在世，眼见着自己一天天衰老，一步步抵达生命的终点，没有比这更为伤感的了，可更为伤感的是自己早年的愿望将被岁月的洪流裹挟，渐渐卷入水底。明白于此，抓住时光、做好自己该做的事，便是顶顶要紧的，以尽可能让自己的人生少些遗憾。"梦里春风如昔，一杯凉茶，五十二茬苒。"好在岑其没有被这样那样的愁绪所淹没，他依然有梦，依然梦见春风，而将在"夕阳下，月初上"，用诗画描绘千年河山。

作为画家和诗人，情感充沛是必需的。岑其有其从容、沉稳，刀枪不入的这一面，也有缠绵悱恻、渴望情感安抚的那一面。激情的喷涌是艺术家的本能，也是他赖以存在的一大理由，岑其深谙其理，且娴熟地掌握了让激情挥洒在纸面上的技巧。无论是诗还是画，他允让自己的情感在必要的时候显现出涓涓细流抑或迸涌泛滥的状态。"琵琶曲终不胜情，良宵空待梦魂惊。无言独倚江上亭，雁响遥天月胧明。风度疏柳人悄悄，落花微雨思悠悠。几多心事无着处，忆君徘徊月当楼。"（《月夜遥寄与故人去年送别》）极像古画古诗，仿佛白居易听完《琵琶行》掬泪伤怀，又从琵琶女的身世联想到自己的命运，由此产生了情感的相通。"无言独倚江上亭"，并不是一种刻意的姿态，更不是伪装的动情，而是诗人不由自主的情感表达，他必须让自己在"梦魂惊"中得以冷静，恢复若干理智，否则其汪洋恣肆的情感浪潮会把他彻底击倒，谵妄错乱，在"良宵"之际不可自拔。"来日纷纷、去日纷纷，长恨三生苦多情。"（《断梦》）说的就是这个意思。

岑其是我的同乡，同在一个镇上长大，无非是他家在桥西，我家在桥东，又都在少年时离家，他访名家攻画，而我走的是考学的路子，尔后也都在外乡居住。但我们都一直在回忆家乡的昔日经历，惦念家乡，与文字打交道时常常与家乡发生各种牵扯，尽管如今的家乡已面目全非。这么多年来，家乡、母亲、少年志向、被莫名中断的情感、回乡所见……始终成为岑其诗作的重要母题，久写不厌，读来让人嗟叹，这也是我长期关注岑其诗作的一大原因。谁还能从现在再返回昔时呢？"凌波脉脉，随风迢递，夕烟轻散还依依。水连天、月千里。秋也抛人去，飘零无限意。故园凝望空，归帆一醉迷。从来天涯，新愁无际，乡梦断、迟消息。良辰难过，楼台空倚。"（《夕烟归帆》）窃以为，岑其这样的诗句，确实已把对家乡的惦念写到了极致，足以激起很多像他我那样的游子共鸣。

岑其经营诗与画数十载，每年出一部当年度创作的诗集，已成为他近二十年的惯例。毫无疑问，他每年的诗作并非是上一年的重复，而是各有其特点，越写越精妙。他对作诗的认真程度是有目共睹的。每次遇见，他总会迫不及待地把刚写好的诗作读给我听，与我共赏。在我看来，这部 2020 年诗集的特点仍然鲜明，在此可作初步的赏析解读。毋庸赘言，从主题的开掘、意象的捕捉、情感的把控、意趣的呈现、语言的锤炼、韵味的强化等方面来看，岑其的诗作仍处上升期，这再一次由这部诗集得以佐证。

是为序。

孙侃，中国作家协会会员。已出版长篇报告文学、人物传记、人文随笔、散文集等专著四十余种，作品曾获浙江省哲学社会科学成果一等奖、公安部金盾文学奖、浙江省"五个一"工程奖等，现在浙江省广播电视局工作。

目　录

001　画余闲吟

063　随感偶悟

107 书画题赠

167 空山问禅

199 走遍山水

265 这个春天

309 望月怀乡

343 人生五十

373 对话古人

画余闲吟

HUAYU XIANYIN

古人的温暖

我只想跟上古人的一点温暖，
能找到此生留给后人的一丝记忆。

2020 年 5 月 2 日凌晨 4 点 47 分

真正的才华与艺术

真正的才华是繁华落尽我独行，
真正的艺术世界是繁华落尽入虚空。

2020 年 4 月 5 日 23 点 50 分

生命的血脉

不虚此生，不负自己。

用我生命的血脉去传承民族文化的血脉。

只为中国绘画献上一抹余香。

2020 年 4 月 13 日凌晨 1 点 49 分于德兴客舍

作没骨法偶记

没骨青绿山水，
关键是艳而不腻、不能俗。
水色并用，恰到好处，
做到入古弥新的境界。

2020 年 3 月 20 日凌晨 1 点 18 分

摹宋人法写山水偶感

摹宋人法写山水，

最关键的是用大量的线条，

来表现出浑厚华滋的墨韵和气势，

最难的是把自己的心境回到宋时的境界。

2020 年 1 月 7 日凌晨 3 点 40 分

创作偶感

当时间爱上孤独时，

你的灵魂会在笔墨之中，

显示出空灵和纯真的一面。

创作就像当今社会的金融投资，

千万不要以为自己比别人高明，

也千万不要有贪婪之心、利欲之念。

在创作面前永远是一个年轻学生，

命运会给我们一份合理的礼物，

关键是要懂得如何去坚守孤独和用心付出。

2020 年 1 月 4 日凌晨 5 点 30 分

虚度的时间

佛说：是你的，不用抢。

但是有的东西佛说了不算。

时间，大家都是同样在度过，

但是你不争，

虚度的时间都是实实在在是你自己的。

比如我的创作，

你不争，

佛是不会把作品提前给你准备好的。

2020 年 1 月 9 日凌晨 3 点 20 分于南昌寓舍

画堂春·无题

东风无力卷菲霞。

燕子低语影斜。

一帘月色浸繁华，

闲了窗纱。

春红几许又交加。

半开微吐杏花。

却忆江南芳草路，

寸肠天涯。

2020年3月7日早上9点30分学填宋词甚觉柔软无力之感而作。

观郭熙画所得

处四野清旷，体空诸所有。

醉皓月清宵，饮雨窗晨露。

心内有境，境欲无尘。

心外有情，情亦无价。

心无尘，神入空。

情无价，道可行。

吟诗以结友，

赏画而共享。

清思入太虚，

闲茶品古今。

恬然忘机，

以适幽趣。

而吾为此生之乐乎。

2020 年 3 月 16 日上午 10 点 45 分

观伯时画

诗画之趣，源于传承。

笔墨之趣，源于天真。

云山之趣，源于心灵。

焚香之趣，源于德馨。

无鞍马之扰神，

无名利之劳心。

清华洞达，翩若轻羽。

离合精微，日求以新。

适良辰而独吟，

至寂寞而断尘。

怀咫尺而无极，

吐万象而抒情也。

虚之墨妙，空而笔精。

然，

众妙之趣，源于生命！

2020 年 3 月 16 日早上 8 点

画余偶感

　　枯树比正常带叶子的树更加难画，枯枝左右前后要交代清楚，用笔中锋，收放有度，线条坚韧又带弹性，不能杂乱。要画的枯而不死，疏密有致，并且要有虬劲之力、精气之神，如此，乃神品也。

　　2020 年 2 月 8 元宵节早晨 6 点 17 分于慈溪金海湾新居

午夜的创作

　　我有时会想，我可能是北宋某一个画家手中的一枝笔、亦或是千年前某一个高僧手中的一颗念珠。有时在创作中晃晃然处在千年前的一个月夜，那案头、窗前、庭院、纸上的云山烟树、观音造像，连墨香的味道都是前世曾经经历的一切重现。亦梦亦真的感觉，仿佛千年时光全部凝聚在一个午夜的创作过程中。

2020 年 1 月 10 日凌晨 3 点 20 分

创作偶感

　　山水画创作，我主张"万法相济、简繁无痕"。法是笔墨，法是思想，法是境界，法是气象，法是心情，法是如皓月之无尘，如云水之无穷。所有的法是一种法，也是一种道。道乃品格与心境。万法一体，众妙之道成无痕之心，则无欲生刚，生气勃然。

2020 年 5 月 14 日凌晨 4 点 06 分

诗画创作偶感

绘画与诗文创作是两个完全不同的心境。绘画是用精气神，意随心走，守住心念，用心到、笔到、意到，则成矣！诗文则不同，心随意走，放开心念。心到无我处，如遗形灵岳、如乘云倏忽、如云衣飘摇、如日依空而不住空的感觉，此，句如可寻，则妙句成。句如不可得，则苦海捞针、虚空探月，如登涅槃山也。故，好诗乃象外之脱、色空之无，探万象以冥观，兀同体于玄妙之灵也。

2020 年 2 月 9 日凌晨 4 点 55 分

画余杂感

　　山水画创作的最高境界是神逸无形，万象无迹。其关键是作者的人格修养、思想意识，也就是画外功夫起到的作用。古人称之为"因心造境、造化自然"，中国绘画的整个精神在此句中，所谓"因心造境"并不是忽视造化自然，而是强调"气"的作用"气"也是作者另一种灵魂空间的创造。要做到"无形""无迹"，就像佛家思想里的"空容万物"主要来自作者的内心修为和艺术主张。

2020 年 5 月 21 日凌晨 1 点 17 分

　　形：形式和造型。
　　迹：刻画的痕迹。

忆李杜

李杜①千古在，诗文日月长。山川竞风流，云水起飞扬。
片言撼大树，宏构入微茫。意从九天落，思接五岳苍。梦游
千万篇，句携百花香。望月时高咏，独酌送夕阳。登舟每生愁，
回首更神伤。老病南征日，君恩自北望。戎马关山苦，相逢气
堂堂。愁云万余里，惨淡空行囊。长歌角声悲，壮思行路难。
一杯思长安，登临寂无言。夜醉长江酒，晓行湘水寒。不见后
来者，从此知音绝。

2020 年 6 月 4 日 17 点 25 分

①李杜：唐代两位伟大的诗人．李白、杜甫。

感旅

轻柔旧时春色寒，

明月昨夜天涯远。

2020 年 4 月 23 日 13 点 23 分过贵阳，阴雨微寒天气

画堂感怀（一）

非空非有到人间，

坐冷画堂四十年。

老来病骨满床书，

半生寂寞一灯禅。

2020 年 2 月 14 日早晨 5 点 55 分

画堂感怀（二）

非空非有非如真，
一纸一笔一禅心。
自乐平生无奢求，
最喜云山梦里行。

2020 年 2 月 14 日早晨 6 点 01 分

画堂夜吟（三）

画堂兴浓正三更，

醉入墨乡复又醒。

一样孤独窗前月，

多情夜夜照老身①。

2020年2月22日凌晨1点52分

①老身：指我自己。

画堂自娱

羞对中年无所恋，

分付诗稿一万篇。

莫恨人间风和雨，

画堂自娱过余年。

2020 年 3 月 6 日早上 8 点 08 分

仿房山山水

纵笔毫端向①房山②，

半生涂抹总汗颜③。

甘为寂寞付林泉，

自有心胸梦里山④。

2020 年 3 月 30 日 0 点 45 分于昆明滇池之畔

①向：追溯、学习的意思。

②房山：元朝著名的山水画家高克恭。

③汗颜：自愧不如。

④梦里山：指自家的山，自成一家的山水风格。

午夜创作偶吟

世人皆梦我独唱[1]，

隔去红尘千万丈。

不觉人间四季换，

元[2]知画中日月长。

2020 年 2 月 10 日午夜 23 点 51 分

[1]唱：不一定是理解为唱歌，古人诗画文章互相交流、互相切磋为唱和，吟诗亦作吟唱，我这里指独自创作诗画的意思。

[2]元：通"原"。原来，亦作意想不到原来是这样的。

观唐寅秋风纨扇图

平生空有入世意，

隔梦尝看秋云还。

尘世大都薄人情，

徒事好名笑贫贱。

2020 年 4 月 23 日凌晨 2 点 40 分

学画偶得

半尺云山十年成，

丹青从来伴孤魂。

血战古人三百回，

千年寂寞落一身。

2020 年 4 月 23 日 23 点 50 分，阅 2016 年所作诗句而改

许道宁关山密雪

笔墨知己李营丘，
千古空野寒林秋。
更有来者许道宁，
一纸萧索万人愁。

2020 年 4 月 24 日 15 点 37 分

许道宁：宋代著名山水画家。

李营丘：即李成，宋著名画家，擅长画寒林、雪景山水。
许道宁向李成学山水。

观八大山人孔雀图

月落空庭照无尘，
二更半梦亦半醒。
俗世横流多三耳①，
从来名利薄人情。

2020 年 4 月 25 日凌晨 4 点 28 分

①三耳：即孔丛子里所记的臧三耳。三耳指奴仆。因奴仆
要随时眼尖耳灵，好像比别人多了一只耳，故称三耳。

观李成寒林图

李成惜墨写寒林，

气象萧疏苦经营。

可叹人间已无迹，

尚留六法启标程。

2020 年 4 月 25 日凌晨 5 点 24 分

李成：北宋著名画家。多作寒林雪景，好用淡墨，有"惜墨如金"之名。画迹传世很少。绘画六法论最早为南朝齐谢赫所提，到李成而成熟。史家称李成为士大夫之宗，六法精鉴之祖，开启中国山水画之标程。

观唐张萱捣练图

唐墨迹已陈，

半纨值万金。

千年显残妆，

开卷天下惊。

2020 年 4 月 25 日中午 12 点 33 分

张萱：唐画家，宫廷画师，擅长仕女。《捣练图》是他代表作。

唐墨：指唐代时期的墨迹，亦指书画。

陈：陈旧，罕有。

纨：画画用的绢，因为罕有所以半件唐代的书画作品都价
值万金。

观董源①山水

千古天真董北苑，
搜尽江南云林秀。
纵②卷化出乾坤大，
物象粲然③非俗流。

2020 年 4 月 26 日凌晨 4 点 26 分

①董源：五代南唐画家，多画江南山水以平淡天真风格驰
名。事南唐后主李煜时任北苑副使，故又称"董北苑"。创"披
麻皴"，画史认为南派山水画的代表。

②纵：白色的绢，画画所用。

③粲然：指鲜明美好、淡雅清新。

题燕文贵山水

燕肃①惨淡开林丘，

胸藏万象足风流。

万岩绝巘化神迹，

一笔扫却汴京②愁。

2020 年 4 月 27 日 0 点 15 分

①燕肃：燕文贵，宋代著名画家。

②汴京：即开封，北宋京城。当年燕文贵的作品一出现，
让所有京城画家惊叹不已，自愧不如。

观宋徽宗寒江图

淅沥画堂残梦瘦，
镵笔河山对望愁。
愔凄江天寒云孤，
空留画名千年后。

2020 年 4 月 28 日 15 点 31 分

镵：精细刻画。
愔凄：惨淡凄凉之意。

仿云林作品

云林造化空灵间，

胸次淡泊笔下仙。

孤舟亭外波无痕，

两三古木草堂边。

2020 年 5 月 12 日 17 点 51 分于三清山客舍

云林：元著名书画家倪瓒，字云林。作品多疏林远浦，简淡荒寒之意。

诗文创作有感

广谛劳尘觉破空，
亦痴亦颠云水中。
枯骨化尽一滴泪，
白发留得千句穷。

2020 年 5 月 21 日早晨 8 点 23 分

画余

唐宋风流椽笔在，

淡墨重彩六法全。

千年心脉入我手，

一任狂扫卷青天。

2020 年 5 月 30 日 12 点 40 分

展卷

平生抱怀气逸空，

纸上云山复又重。

快意展卷疑是梦，

不知人在第几峰。

2020 年 6 月 10 日凌晨 2 点 11 分

读新诗集和风同程

何事云山万里望，

归心一半是夕阳。

诗成却笑行囊空，

梦回几度到故乡。

2020 年 6 月 17 日凌晨 3 点 40 分

题梅花

半生劳碌无所恋，
一日看花一日睡。
眼中无尘心无碍，
醉入诗画忘余年。

2020 年 7 月 13 日早上 8 点 33 分，心中有诗画无法入眠，
随兴而得

南乡子·忆欧阳炯

最怜唐宋明月，魂归千年云山。一枕初梦不变，畅游相约
人间。

2020年7月17日19点39分著魂归千年——岑其与唐宋
词的千年对话而感此

画余即兴

仰天一笑踏歌去，
名山引我万里行。
兴酣落笔吞云烟，
千秋风流属诗人。

2020 年 7 月 22 日 21 点 43 分

画余偶成

一纸空白云山起，
心底淡然藏天机。
书画从来不寂寞，
通禅只须两三笔。

2020 年 7 月 26 日凌晨 3 点 50 分

画余感怀

繁华劳生多憔悴，
富贵荣禄苦为邻。
百年逍遥欢何许？
一身布衣畅我心。

2020 年 8 月 26 日 0 点 51 分

观董其昌山水

此心无遮天地外，
一念式微有无中。
风骨凌虚气飞扬，
胸境阔落性自空①。

2020 年 9 月 10 日 16 点 20 分

①性自空：即性空。佛教语，十八空之一。谓一切事物
的现象，都是因缘和合而生的，暂生还灭，没有实在的自体，
故称。这里指董其昌的笔墨自性空灵，达到忘我的境界。

著诗观千年
——岑其与百首唐诗的千年对话诗书画作品集感此

千年诗篇多离情，万里乡关旅人心。

对酒明月感飘零，锦绣山河各登临。

2020 年 7 月 25 日凌晨 5 点 15 分

观赵松雪水村图

松雪①天香满，

绝笔天下秀。

此后七百年，

无出其左右。

沁绡写凌波，

八法②书风流。

丹青续故情，

忍教肠空断。

2020 年 4 月 22 日夜 22 点 53 分

①松雪：元书画家赵孟頫。

②八法：书法书写的八种笔法。

画余自乐

自乐平生道^①，
长伴烟云间。
从中三昧悟，
一步一千年^②。
魂归乡关远，
梦去抱月眠。
不为浮名累，
问津^③佛灯前。

2020 年 2 月 8 日夜 20 点 18 分

①道：这里指自己喜欢的事业。

②一步一千年：指我绘画追求的目标，每一步都要达到千年前的宋人气息和风貌。

③津：渡口，询问渡口在哪里。

笔底生涯

笔底生涯苦，

纸上滋味清。

人生岂无梦，

中年仍耕耘。

处事重淡泊，

史书留轻名。

达观万虑空，

暮送夕阳明。

2020 年 6 月 16 日凌晨 1 点画余所得

画余

丹青畅怀活，

十有苦八九。

长夜寂寞时，

忙煞冷应酬。

恍然如梦境，

点滴诉旅愁。

不忘少年志，

关山千里秋。

2020 年 4 月 23 日中午 12 点 51 分于昆明回南昌的 G1376

次高铁上

观兰亭图

遗踪观千年，

尘世轻如烟。

草木忆前事，

花落几度开。

空山无颜色，

云影藏翠薇。

试问兰亭客，

何时梦里见？

2020 年 4 月 24 日下午 16 点 42 分

兰亭客：指王羲之。

午睡迟起访旧友不遇

睡迟觉无痕，

花落疑有声。

梧桐宿归鸟，

翠竹掩空门。

旧墨①点素纨②，

片言留寸心。

记取曾有约，

再续未了情。

2020 年 5 月 21 日早晨 6 点 48 分

前二句：午睡迟起一点也没有想睡的困意了，听到风吹落花的声音感觉是友人在叫我的名字。接着二句：鸟飞累了纷纷停在梧桐树上休息，院子的门敞开没有人守着，只见门两边的翠竹掩映其上。

①旧墨：留在砚台上没有用尽洗净的墨。

②素纨：画画用的白绢。

后四句：我在白绢上用主人遗留的墨汁点画书写，留下片言只字以表明我的心情。告诉他不要忘了我们曾经的约定和今生的友情和缘分。

纵览

清骨瘦纸三万件，

笔底寂寞四十年。

来者如觉个中苦，

应知浮名皆空悲。

纵览侧身昆仑雪，

凭吊登临轩辕台。

此生意气为相逢，

原是千年一梦回。

2020 年 6 月 2 日凌晨 2 点 28 分

戏为绝句 · 李杜颂

太白诗兴可吞云，

老杜绝句气郁沉。

酒浇胸次逐大江，

笔力惨淡落星辰。

一时盛名满京华，

醉歌清狂冠斯文。

千秋无此风云会，

史册不朽两诗魂。

2020 年 6 月 9 日 17 点 18 分

李杜：李白、杜甫。

读杜甫登高即成

叠翠重峦宿雨沉，

冥鸿萧疏江月明。

万里空阔雁归迟，

一片秋水波无痕。

苍苍落木无边下，

滚滚岁月逐霜鬓。

半生惨淡浮名累，

一杯醉杀潦倒心。

2020 年 6 月 10 日凌晨 2 点 51 分于赣浙省交界处

观范宽江山秋霁

沧江空山碧波秋，

木落千林野水流。

千年一别夕阳雁，

连天归帆动离愁。

登临极目暮烟浮，

天涯消息旧画楼。

试看当年凌云笔，

无穷寂寞写林丘。

2020 年 4 月 29 日凌晨 2 点 45 分

范宽：北宋山水画大师。陕西人。创"雨点皴"技法，亦称"点子皴""豆瓣皴"。其代表作《溪山行旅图》誉为中国山水画传世名画中皇冠上的明珠。

午夜悉句

文章^①酸楚功匪量，

妙句难成苦悲凉。

欲尽一毫付寸心，

揄扬^②大乘入浑茫^③。

以我虚空拔幽魂，

如内大江起行藏^④。

五十二年似注泉^⑤，

万象尘缘化清光^⑥。

2020 年 2 月 9 日凌晨 3 点 20 分

①文章：可以理解为事业。

②揄扬：宣扬、称引。

③浑茫：指广大无边的境界，也可作人世间。

④行藏：指行走、旅行，这里指不断努力追寻梦想所得到
的收获和智慧。

⑤似注泉：五十二年如急流冲下的泉水一样快。

⑥清光：清透无憾的光阴，当自己生命走到尽头的时候，
让万般尘缘化作无怨无悔的时光记忆，不留下遗憾。

观戴文进①山水

一派独秀钱塘戴，
开笔②造化冠江南。
宏浑遒劲出宋元，
风骨直追李龙眠。
青山不语含苍翠，
黛云带雨浮紫烟。
画名都随浮尘去，
梦断朱衣③一钓船。

2020 年 4 月 29 日 0 点 12 分

①戴文进：明代著名山水画家戴进。浙江钱塘人（今杭州），是浙派的创始人，故称"钱塘戴"。他的山水画专学宋马远、夏圭，元赵孟頫、吴镇。他的人物画专学宋李龙眠，即宋代大画家李公麟。

②开笔：开创新的风格。

③朱衣：红色的衣袍。

最后一句指：戴进画名甚大，受宣宗皇帝喜爱，引起很多同道者妒忌。戴进创作《秋江独钓图》画一红袍人垂钓于江边。有妒忌者谢环在宣宗帝面前进谗，说图中的渔翁穿红袍，分明是讥讽朝廷大臣不务政事。宣宗不悦，下令将戴进逐出了宫廷画院。

观韩熙载①夜宴图二首

一卷夜宴震古今，

梦绕秣陵②感画魂。

遥想当年南唐客③，

细拾歌舞起三更④。

展卷一瞬越千年，

到此相逢如梦回。

便须佯醉隔画屏，

笙歌依约共夜宴。

2020 年 4 月 29 日凌晨 2 点 07 分

①韩熙载：五代山东人，后唐同光进士。作者顾闳中五代南唐人物画家，南唐画院待诏。此图是他代表作，也是他唯一一件传世作品。

②秣陵：金陵，今南京，南唐都城。

③南唐客：指作者顾闳中。

④起三更：此画是顾闳中奉后主李煜之命，与周文矩、高太冲潜入韩熙载的府第，窥其放浪的夜生活，常常午夜后、三更起仅凭目识心记，窃画韩家夜宴乐舞的情景。最后一句指我展卷观赏之时，犹如梦境一般置身于千年前的韩府之中，我依约来到韩熙载家中共享夜宴之乐。

四月雨中过湘江以吊杜甫

四月湘水雨滞淫，

凄风惊魄哭诗魂。

舟泊江湖寸寸泪，

雁回故国①北斗深。

病里久放家山远，

梦中相逢涕作霖。

此生蹉跎觉无悔，

羁旅感激忆知音②。

寂寂江山楚客悲，

零落生涯苦独寻。

万古盛名吊岂知？

千秋不灭孤帆影③。

2020 年 5 月 25 日下午 16 点 33 分

①故国：指杜甫的故乡洛阳，地处湘江的北方。

②知音：这里指李白。楚客：湘水属楚地，这里指杜甫。

③千秋不灭孤帆影：杜甫死在湘江的孤舟上，永远受后人凭吊瞻仰。

开悲歌

人生得意趁年轻，

我以中年赴诗尘。

人生失意莫凄迷，

我以白头铸画魂。

万里云水快①解衣，

关山夕阳对酒樽。

十年孤独青云②客，

一朝落尽江湖心。

忆昔登楼③正好春，

意气直指匡庐④横。

扬帆吹歌入空去，

乡关千里泪纷纷。

2020 年 5 月 31 日上午 9 点 59 分

①快：痛快，畅快淋漓。

②青云：我在南昌所住的地方青云谱区，这里指南昌。

③登楼：指登上滕王阁。

④匡庐：庐山。

随感偶悟

SUIGAN OUWU

忧伤和孤独

生命需要忧伤的力量，

更需要孤独的灵魂。

忍受孤独才能看到生命的空间和生活的意义！

2020 年 12 月 21 日冬至时节 0 点 36 分，时客郑州

诉衷情

寂寞绣衾春睡半，倚香篝。东风柔，相思眉上头。谁与话闲愁，休休。更盼相见欢，同登楼。

2020 年 2 月 24 日凌晨 4 点 57 分填宋词

断梦

尘梦云迷，缘起万念。

成遗恨，与谁堪怜春瘦。

转问几生修度，身化香魂千缕和风。

何年知还，经雨打，

春也断魂、秋也断魂。

江湖听雨对花空，应缘此心一洗清。

谁令哀怨成回首，唯有旧欢知飘零。

谁家月圆如昨，

来日纷纷、去日纷纷，

长恨三生苦多情。

2020 年 11 月 1 日凌晨 2 点梦起即成

问花

寒露初沉惜残红，

无力更为临风。

几许错认月色，

盼春归，叹春迟，

旧春在梦中。

云水杳浸无数重，

尘土应怜我空。

人生最恨离苦，

迎花开，送花落，

问花愁更浓。

2020 年 12 月 26 日凌晨 4 点 36 分窗外无月、寒意正浓

端午以念屈子①

楚水空掩，

千古诗魂。

当年烟波带泪痕。

枯叶侵古道，

孤雁寄别情。

零落一身愁，

老泪洒风尘。

今宵谁念泣，

世上功过，

曲终人远。

汨罗流不息，

潇湘悠悠，

骚风②依旧。

2020 年 6 月 25 日凌晨 3 点 45 分

①屈子：楚国伟大诗人屈原，投汨罗江自杀。

②骚风：指屈原的代表作《离骚》。

望穿的缘

寂寞的坚守只为等一次约定的回眸。

即是今生一无所有，

我更期待来生与你共度

风雨的舟。

我专心于不弃不舍的盼，

忘不了铅华零落的薄命悲凉，

更忘不了声声低泣哀艳的告别。

也许三生石上刻下的承诺，

奈何桥头已成随风消散的碎片，

多少次轮回里，

错过了多少次尘世的牵手。

我醉心于婆娑世界里的梦，

盈盈尘际、怜怜踪迹。

就算梦痕冰绡、千古空系，

就算前生相欠、今生无望、来生错过，

可我 毫不怀疑倾尽生命的终点，

总有一次

相顾一笑的邂逅。

2020 年 10 月 29 日凌晨 1 点 54 分，听歌曲《忘川的河》

而感此即成

秋兴四首

层烟悠悠揽古松，浮云忽忽好画龙。

错出五岳云海间，上有仙人留隐踪。

著君丘壑亲风雅，割我块磊写奇峰。

蓬莱飞阁对彩霞，百代兴衰在其中。

孤帆落处即登台，赋诗江楼对翠微。

沧海空虚波浪阔，关山寂寞雁南飞。

黄河九曲归东海，昆仑一派神州连。

江南江北金鼓振，紫禁宫阙百花开。

千年秋月一席明，霜后丹枫天地新。

诗兴乘醉三百篇，彩笔当舞好时辰。

独坐对月拂心尘，万顷秋光入清魂。

长空无瑕说佳节，十里桂子是乡情。

泊舟登岸疏雨晴，踏云寻幽薄更深。

问君羁旅何牵挂？山高水长处处情。

碧水秋草夜月明，清灯黄叶易断魂。

梦里故山千里外，为谁失眠为谁醒？

2020 年 6 月 9 日 16 点 44 分读杜甫秋兴八首诗有感即成

空怀

　　清秋凝翠郁苍苍，夜月楼台气茫茫。敢将片言说淋漓，奇岩深松著风尚。玲珑玉阶野花香，梧桐云舒紫气藏。别有风流三尺剑，更着文心一草堂。人间万事半如梦，春风得意即成空。高楼乘兴多登临，江山极目听暮钟。简简单单云水心，起起落落一浮尘。寂寂寥寥自在居，年年岁岁伴花吟。鸟外幽谷空自新，花边清流几度春。茫然不觉身何处，迎风策杖送黄昏。

　　　　　　　2020 年 6 月 14 日凌晨 4 点 12 分

供养

当时间化为云山烟水，

我的生命就以此供养。

2020 年 1 月 4 日下午 14 点 15 分

无题

辞旧岁四海清平，

新时代江山锦绣。

2020 年 1 月 2 日下午 16 点 18 分

花神

仙境岂容俗眼见，
一片金黄藏花神。

2020 年 4 月 14 日凌晨 4 点 23 分，忆江南油菜花田美景所作

读友人题画诗以和

远向空山访仙隐，

溪风满寺秋满林。

啼猿哪知人间愁，

声声愁杀行人心。

2020 年 2 月 10 日夜 21 点 55 分

睡起

依稀洞庭岳阳客，
昨宵梦里共忧患。
中流柱石春雷动，
待看百花满人间。

2020 年 2 月 17 日凌晨 1 点 17 分

岳阳客：指宋范仲淹，他在 1046 年 10 月 17 日为岳阳楼
创作了千古不朽的散文，文中以"先天下之忧而忧、后天下之
乐而乐"，为世人称颂。

三月好梦

和风微微弄轻柔，
细雨绵绵满汀洲。
三月好梦杏花天，
新梦那知旧梦愁[1]？

2020 年 3 月 21 日夜 20 点 40 分

[1]愁：指对春天、对美好事物的留恋，亦指对青春年华的眷恋和回忆。

月夜抒怀

明月当空万古色，

尘土太虚一夕音。

仰望顿觉襟怀宽，

问水寻花入禅心。

2020 年 4 月 9 日凌晨 1 点 56 分，明月清风之夜，仰望星空有感。

油菜花

桃花落尽菜花香，

蝴蝶奋飞野蜂狂。

沃田空阔金①满地，

胜过丹青一品黄②。

2020 年 4 月 13 日下午 17 点 38 分于江西德兴

①金：金色。

②一品黄：中国画的一种色彩。

梦里潇湘

梦里潇湘日已昏，

烟暮空锁月初升。

就中尽是销魂处，

一别从此秋更深。

2020 年 4 月 24 日下午 14 点 16 分，观旧作即成。

题文同画竹

放笔常忆湖州客①，

坐观壁上传风声。

参差荡拂生凉意，

仿佛明月布妙乘。

2020 年 4 月 24 日晚 18 点 07 分

①湖州客：指宋著名画家文同，字与可。四川人，苏东坡
表弟，尤以善画竹传世。因任湖州知府，故称文湖州。

夜荷

夜临荷塘最宜月，

为谁含放为谁香。

珠露消暑无须多，

一口使君透心凉。

2020 年 5 月 19 日夜 22 点 31 分

离思

曾经香消难为尘，

欲醒还醉欲断魂。

春去何事最无赖①，

半为落花半为君。

2020 年 5 月 23 日 0 点 38 分

①无赖：无可奈何，百般无聊之意。

雪山幽居

寒山冷炊烟，

幽居不计年。

小窗送夕阳，

柴门对余雪。

2020 年 5 月 23 日凌晨 1 点 34 分

秋行

草枯柳影瘦，
岩罅①曲水流。
野塘西风起，
一庭芭蕉秋。

2020 年 5 月 23 日凌晨 3 点 26 分见蕉阴午睡图而作

①罅：缝隙，这里指岩石间的缝隙。

雨晴

五月池塘莲叶新，
鸟不住啼院更静。
雨前不见花初开，
雨后却疑又逢春。

2020 年 5 月 23 日 10 点 05 分

　　雨前没有见到院子花开，雨后院里的野花纷纷盛开，我怀疑是不是春天又回来了。

赠杨勇兄

莺啼千里传佳音，
杨柳江南十分春。
惟有东风旧相识，
百花开遍天地新！

2020 年 5 月 27 日 11 点 11 分

登台

天台峰高云外见①，

翠雨浮烟润苍苔。

满目溟濛空山静，

时有白鹭双飞来。

2020 年 6 月 2 日凌晨 4 点 29 分

①见：现，出现。

晚行

烟笼松竹花在溪，
晚归渔舟柳岸西。
多情最是去年月，
伴我同行十里堤。

2020 年 6 月 3 日 13 点 31 分

荷塘偶得

水阁山光夏渐浓，

小荷羞涩见初红。

最怜^①一夜缠绵雨，

打窗寂寞入梦中。

2020 年 6 月 6 日夜 22 点 35 分

①怜：可爱。

野渡

亭外幽涧意清妍，
水色山光六月天。
蝉声狂惹夕阳柳，
无人登泛野渡船。

2020 年 6 月 10 日凌晨 2 点 33 分

登楼

幽谷霜风劲，
冷泉带寒流。
望月心千里，
乡思满画楼。

2020 年 6 月 23 日 16 点 42 分

蝉

流响万里心，
空啼夜更深。
高怀人不知，
秋风铿有声。

2020 年 6 月 25 日 16 点 45 分

秋夜

秋蝉声稀栖归鸦，

风雨初过满落花。

明月相思已三更，

香露无声润万家。

2020 年 6 月 25 日 17 点 18 分于三清山希尔顿酒店

七夕有感

多情沦落劳寸心，

别离所悲叹风尘。

苍苍江山去无限，

谁识征途是归程。

2020 年 8 月 25 日，农历七月初七清晨 5 点 30 分

白露

雨过白露入心凉，

秋光简淡掩夕阳。

云水草木各意造^①，

一切声色空^②万象。

2020 年 9 月 8 日 14 点 59 分

①各意造：自然造化、天意各成。

②空：这里指空灵、包含。

江岸见芙蓉

一枝芙蓉断桥头，

冷香扑面暮天秋。

忽似当年浔阳渡，

归雁南飞无心留。

万籁澄云气萧疏，

碧波连空感旧游。

夕阳尽带乡思味，

半生劳尘满江洲。

2020 年 6 月 15 日 23 点 15 分

望月

碧梧桐映纱窗影，

帘卷青山白云轻。

黄鹂娇啭呢芳妍，

杏枝如画逐香魂。

寂寞清夜少年心，

烟迷水隔意中人。

愁杀良宵空多情，

枕上明月泪痕新。

2020 年 6 月 24 日凌晨 5 点 45 分

秋行

千山万水千秋色，

一夜明月一页诗。

问水寻花玲珑雨，

醉里青山归去时。

遥向空中看闲云，

月落汀洲点雁迟。

一番红尘看不足，

莫恨黄花挂秋枝。

2020 年 6 月 28 日凌晨 1 点 21 分

忆别

晚春雨欲昏，

野芳草色冥。

经年无消息，

江城暮霭深。

柳影掩古道，

山客负归心。

又送孤雁去，

明月满别情。

2020 年 6 月 26 日早晨 5 点 57 分

咏菊

春里百卉香，

秋来独家新。

寒岁识真容，

魂归南山情。

西风过重九，

野色香更深。

寄言委严霜，

朵朵见精神。

2020 年 8 月 28 日凌晨 3 点 49 分

月夜遥寄与故人去年送别

去年相送野渡头，

渡头月出照离愁。

江南烟火十万家，

一片芦荻听琵琶。

琵琶曲终不胜情，

良宵空待梦魂惊。

无言独倚江上亭，

雁响遥天月胧明。

风度疏柳人悄悄，

落花微雨思悠悠。

几多心事无着处，

忆君徘徊月当楼。

2020 年 6 月 24 日早晨 6 点 13 分

晨曦听雨声有感

琅琅夜雨声，

兀兀众山新。

才出晨光来，

紫烟烘白云。

窗涌草花香，

门入岚气盛。

幽涧激清流，

空谷湿翠沉。

何处觅仙庐，

临流洗俗尘。

古人余愿见，

有意逃功名。

风雨知世态，

冷暖识人心。

负重叹途长，

豪门多薄情。

2020 年 5 月 15 日早晨 7 点 28 分

书画题赠

SHUHUA TIZENG

归梦

兰若①惊觉三生梦，

云深曾见，寂寞声声钟。

写不尽流年，和月吹烟。

尘缘万斛，不如归去。

还立向，深知世事休恋。

问寂寂空山，几度雁，

字字如泣。

万里应是，又被芳草向天涯。

思如旧，梦痕如洗。

2020 年 11 月 2 日 0 点 50 分

①兰若：古寺。

题山气高秋图

浮空山气远,

倚岸松阴凉。

奇岩多礌礌①,

烟水更茫茫。

应识秋风起,

消得此身忙。

前途云遮尽,

高深自相望。

2020 年 1 月 5 日下午 15 点 22 分

①礌:音同磊,奇石互相撞击重叠的意思。

题仿董北苑①溪岸图

寄兴尺素间，

忘机寸心闲。

烟深见渺茫，

树重分浓淡。

昔年董北苑，

我辈岂容攀。

2020 年 1 月 5 日夜 20 点 47 分画兴之余偶得

①董北苑：即董源。

题云过雨晴图

云过奇峰现，

雨晴开新妆。

山深日月静，

路遥诗梦长。

2020 年 1 月 6 日 0 点 33 分

题林泉归隐图

造化壮观入毫端，
雷鸣万仞挂飞流。
而今归去心知意，
只向林泉深处求。

2020 年 1 月 6 日早晨 6 点 30 分

题晴川素秋图

晚凉天气入素秋，

空晓疏影画堂幽。

梦里云水古人书，

水墨山川淡中求。

2020 年 1 月 7 日 16 点 28 分

　　寒雨天气，画堂梦醒，坐对芙蓉图深有秋凉之感，去年匆匆，年华空掩，顿生一丝愁幽、几分寒意，休漫道，花扶人醉，醉花却要人扶否？凭案空晓，一抹檀心，唯淡中滋味，飘然而乘兴也。

题溪山晚归图

心中何所有，
高低千万峰。
水阁一舸还，
溪堂聊自容。
绿树云烟外，
落日鸟相从。
归来山月出，
回首听晚钟。

2020 年 1 月 10 日凌晨 4 点 23 分

题溪山夕霭图

雨过澄碧空，

登高望绿野。

夕霭藏余霞，

隔溪闻晚炊。

2020 年 1 月 10 日上午 9 点 50 分

题烟崖江流图

日落沙际明，

烟崖淡疏松。

苍茫江流外，

云霞见^①芙蓉^②。

2020 年 1 月 12 日下午 18 点

①见：现。

②芙蓉：指落照间的山峰。

题秋水古木图

秋水万倾碧，
瘦木千云古。
山居无日月，
天地茶一壶。

2020 年 2 月 7 日 0 点 11 分

题草堂谪居图

竹院深深掩翠微，

花雨菲菲风送归。

最喜草堂无俗事，

水墨生涯伴月眠。

2020 年 2 月 7 日凌晨 1 点 40 分

题枯树暮烟图

雾锁飞泉挂断崖，
气侵古木扫落霞。
烟雨已迷归去路，
白云空绕旧人家。

2020 年 2 月 8 日 21 点 45 分，元宵节之夜

画的过程中，偶成小诗以题。

题画·江郊海野

江郊海野任孤行，
笔底气象千年真。
出尘境界无有我，
写到深处是灵魂。

2020 年 2 月 9 日 16 点 46 分

题画·秋泉图

落泉时吐万点雪，
苍松惊堕千山秋。

2020 年 2 月 9 日 17 点 10 分

题秋山古寺

山涧横幽木，
丹枫掩翠微。
经年无客到，
夕阳伴云归。

2020 年 2 月 9 日 19 点 25 分

题画·寻隐

涧水疏雨新篁长，

微烟清露古木春。

仙家不容俗人见，

一丘一壑藏神灵。

我来正值花开笑，

万丈飞泉云相迎。

寻隐不嫌山水远，

千岩一旋忘归程。

2020 年 2 月 10 日凌晨 1 点 09 分

题画·松岩萧寺图

竹里飞泉竹外峰，

云藏古刹松藏风。

溪声到枕夜无寐，

试茶不觉闻晨钟。

2020 年 2 月 10 日凌晨 4 点 35 分

题画·秋江归棹

空江月色终宵在，
归棹一声江湖远。

2020 年 2 月 10 日 20 点 50 分

题画·溪山品茶

云崖三叠①飞白龙②，

秋色一廉③横古松。

寥天落木皆入禅，

半壶清茶千年风④。

2020 年 2 月 11 日凌晨 1 点 45 分

①三叠：指山崖层叠高耸。

②白龙：瀑布。

③廉：帘。

④风：风情、风尚、遗风。

题画·秋浦幽居

烟色参差水光遥，

云霞绣错远峰峭。

古木荡拂秋凉意，

兹①胜画楼②接神霄③。

2020 年 2 月 11 日早晨 6 点 20 分

①兹：此时此地。

②画楼：画栋雕梁的高楼。

③神霄：神仙居住的天宫。这里指此时此地胜过神仙居住的宫殿。

题画·暮江野渡

野渡客行迟,

钟声杳霭闻。

暮云烟波合,

江天一帆分。

2020 年 2 月 12 日凌晨 1 点 05 分

题画·夕照归舟

大江一望波连空，
夕阳千里落照中。
漏天雨过云霞开，
晚渡归舟带彩虹。

2020 年 2 月 15 日 19 点 47 分

题画·明月归舟

繁华楼台灯火闲，
虚名何妨入真禅。
始信明月合人意，
此生更得照我还。

2020 年 2 月 16 日 19 点 43 分

题画·芙蓉

青山云水从①我游，

思与古人驾扁舟。

隔江芙蓉不计年，

秋风无意催白头②。

2020 年 2 月 17 日凌晨 3 点 33 分

①从：从此，也可作纵游、任凭我游之意。

②白头：白芙蓉。此亦作人生易老、又一度秋风催白了头发。

题画·云山访友图

绝壑野藤落松花，

奇岩飞瀑挂彩霞。

身在云间无去处，

不知前途是仙家。

2020 年 2 月 18 日 15 点 51 分

题画·诗梦乡愁

诗梦独爱山水癖，

身心总被云溪缚。

归来斜阳共明月，

一船乡愁思青蒻[①]。

2020 年 2 月 20 日凌晨 4 点 12 分

①蒻：草本植物，可以食用，与芋头相同。这里亦指故乡
的味道。

题画·江天晚秋

云山有诗水有灵，
古木无言总关情。
一江连天秋梦好，
黄昏旧月最动人。

2020 年 2 月 20 日 22 点 15 分

题画·四季山水卷

青霞紫雾含春雨，
翠木苍秀吐夏泉。
丹崖深壑藏秋云，
出尘境界卧冬雪。

2020 年 2 月 23 日清晨 6 点

　　经过一周的努力，《四季山水长卷》已见初貌。争取月底前完成墨稿，然后再设色，渲染出春夏秋冬的效果，不同的季节不同的色彩要和谐统一在同一卷上，好像古人传承的作品中还没有见过，至少我没见过。古人多以册页、屏条来创作春夏秋冬的作品。我今作尝试，如古人见之，不知有何感想。

题画·梅竹图赠友人

人生低处识良友，
瘦梅苦竹知高寒。
一朝功成累浮名，
万丈红尘归沧海。

2020 年 2 月 24 日凌晨 2 点 32 分

题画·晚秋

夕阳依旧不可留，

落霞安知离人愁。

半墙芭蕉意阑珊，

一树榴花寂寞秋。

2020 年 2 月 24 日凌晨 3 点 50 分

题画·夕照孤峰

坐断夕阳眼底空，

心随云霞落孤峰。

凭虚已觉身如幻，

真疑入梦似非梦。

2020 年 2 月 25 日凌晨 2 点 53 分，《四季山水图》巨卷墨稿顺利完成

题画·秋山访友

云里楼台峰外见^①，

巨岩横空挂飞泉。

君来约我看新秋，

唯听清风扫落叶。

2020 年 2 月 26 日凌晨 2 点 22 分

①见：现。

题江山华章图卷

昆濛降瑞溢东方，

玉楼金阙万家昌。

江山代有新人出，

更待后人著华章。

2020 年 3 月 1 日凌晨 1 点 52 分

开年第一卷山水继续加工：渲染、点苔，还没正式完成。

题画·江山华章图卷

五日一石十日松，

千巘^①嵁崎^②自绝踪。

碧波远送江上舟，

平川一派夕阳红。

青霭落涧秋潺潺，

暮烟绕林影重重。

万壑清风传钟声，

僧在云山第几峰？

2020 年 3 月 1 日 16 点 37 分

首句出自：杜甫句"十日画一水、五日画一石"。

①巘：山峰上的奇岩怪石。

②嵁崎：山峰险峻陡峭。诗的开句表示绘画创作的艰辛和不易。

题钓隐图

借问枝头昨夜春，
须知良辰过眼空。
不觉人间四季换，
归棹一声老钓翁。

2020 年 3 月 7 日上午 11 点

题画·秋山孤云

一片青嶂画里山，
半幅丹枫奇秋晚。
孤云向来万里意，
卧看秋山似乡关。

2020 年 3 月 21 日 20 点 15 分

题画·墨葡萄

青鸟一去无消息，
梦里殷勤亦枉然。
世上多少离人泪，
点点写入画中看。

2020 年 3 月 22 日，凌晨 2 点 44 分

题画·玉兰

最是春分万枝发，
喜看东风第一花。
古来金贵玉堂物，
香满平常百姓家。

2020 年 3 月 22 日 9 点 33 分

题画·秋晚

秋晚孤雁回，

暮色江上曛。

波远烟云长，

客至帆带风。

一树繁英落，

半庭月照空。

几处虫声起，

声声催故梦。

2020 年 3 月 22 日 10 点 17 分

柳岸图

楼外青山绿烟浮，

杨花迷离忆旧游。

隔岸满眼春消息，

相送东风柳梢头。

2020 年 3 月 23 日 23 点

题画·春江垂柳

春风渐消枝力软，

无梦睡晚思上头。

多少心事谁珍惜？

寂寞都付①夕阳柳。

2020 年 3 月 24 日 0 点 53 分

①付：托讨，付诸。

题画·琅玕听秋

昨夜清明回首，

花外细雨零乱。

庭前几番枯荣，

唯有明月遥伴。

十里琅玕①凉透，

醉还一壶旧欢。

与君②相对影瘦，

无声诗里听秋。

2020 年 3 月 24 日 18 点

①、②琅玕、君：均指竹子。

题画

多少零落孤旅客，

十分乡愁在天涯。

2020 年 3 月 25 日 0 点 39 分

题画雁

野渡沙洲孤鸿影，
万里天涯梦里身。
冥冥三月正北飞，
声声啼破衡阳春。

2020 年 4 月 1 日 18 点 10 分

题画·江南云山烟雨图

江南云山在米家，

湖水烟雨荡天涯。

到此寻诗句未成，

都入芦花一色沙。

2020 年 4 月 6 日夜 21 点 29 分仿米芾法写《江南云山烟雨图》

题画·秋江渔舟

落日烟江泊渔舟，

新月半挂梧桐秋。

满目乡愁望不尽，

心羡还将一沙鸥。

2020 年 4 月 7 日凌晨 1 点 33 分

题石涛黄山图

千秋黄山出浑沌①，

一砚烟雨化白云。

几人能晓个中意？

自古万法②贵天成。

2020 年 4 月 22 日 0 点 44 分

①浑沌：这里指石涛"无法生有法"的造化之功。
②万法：指绘画的技法。

题画黄山

绝巘凌霄重又重，

梦中笔走峰外峰。

倾尽十丈松烟墨，

万毫齐吼惊飞龙。

2020 年 4 月 22 日凌晨 2 点读 ［清］弘仁题画黄山诗有感而作

题江岸一望图

客帆有意归去迟，
江岸无垠一望连。
满目空江乡梦远，
孤雁一声夕阳寒。

2020 年 4 月 22 日凌晨 2 点 40 分

题楚江秋意图

峰在眼里云在心，
一片秋水波无痕。
万里空阔雁归迟，
楚歌声里送帆影。

2020 年 4 月 22 日 17 点 36 分

观赵松雪水村图

松雪①天香满，

绝笔天下秀。

此后七百年，

无出其左右。

沁绡写凌波，

八法②书风流。

丹青续故情，

忍教肠空断。

2020 年 4 月 22 日夜 22 点 53 分

①松雪：元书画家赵孟頫。赵逝世至今近七百年。

②八法：书法书写的八种笔法。

题画菊

微雨乍晴南山清，
小窗暑残夕阳近。
松竹黄花宜相伴，
秋篱长逐老禅心。

2020 年 4 月 22 日夜 23 点 20 分

题李方膺风竹图

晴江①写竹满堂风，

纵横独步夺天工。

胸中有法入无法，

叶叶声声笑文同②。

2020 年 4 月 23 日 0 点 13 分

①晴江：李方膺的号，其擅长画松竹兰菊，为"扬州八怪"
之一。

②文同：宋代画竹大家。

题郑板桥竹石图

天生立节藏虚空^①，

写到真情便不同。

此笔待后千年传，

愿为板桥做门童。

2020 年 4 月 23 日 0 点 45 分

①虚空：虚怀、谦虚，无求无欲之意。

题江岸一望图

客帆有意归去迟，

江岸无垠一望连。

满目空江乡梦远，

孤雁一声夕阳寒。

2020 年 4 月 22 日凌晨 2 点 40 分

题楚江秋意图

峰在眼里云在心，
一片秋水波无痕。
万里空阔雁归迟，
楚歌声里送帆影。

2020 年 4 月 22 日 17 点 36 分

题画菊

微雨乍晴南山清，
小窗暑残夕阳近。
松竹黄花宜相伴，
秋篱长逐老禅心。

2020 年 4 月 22 日夜 23 点 20 分

空山问禅

KONGSHAN WENCHAN

午夜画余偈成

心向三界访灵峰^①，
俗海红尘深重重。
世人安知菩提路，
云逐水流无定踪。

2020 年 2 月 7 日 0 点 02 分

①灵峰：指仙人住的地方。

观僧巨然画

跌坐一觉三生梦，

振衣了却万念空^①。

行破^②白云几千重，

共此山水幸^③相容^④。

2020 年 2 月 7 日清晨 5 点 31 分

①空：这里指放下万般杂念。

②行破：行走穿越。

③幸：幸运。

④相容：与山水相依相伴互相欣赏，为生平知己也。

时感

人生别离似秋鸿，

坐看繁华第几重。

一朝风幡扫尘埃，

万象荣辱遍虚空①。

2020 年 2 月 18 日 18 点 29 分

①遍虚空：来自佛教心地观经"六欲诸天来供养，天华乱
坠遍虚空"。

惊梦

心骨劳身五十年，
浮名真愧几尘劫。
往事忽惊春宵梦，
清灯夜雨问佛前。

2020 年 2 月 27 日 0 点 26 分

天命淡然

星移斗转月依旧，
昨日花开昨夜落。
深感天命知淡然，
一生春梦已无多。

2020 年 3 月 25 日 13 点 16 分

福山寺归来

布法不从三心乱，

写意无由一念迷。

运笔立骨问气象，

泼墨造意见菩提。

八方尘嚣一笔挥，

三千功行百年机。

万转云山识归途，

坐观明月入太虚。

2020 年 4 月 28 日 19 点

游福山寺正逢夕阳余晖又见明月初升，有此感。

游邵武福山寺

日落松风远，

烟暮山岚静。

廓然新月斜，

极目飞鸟尽。

常行^①不计年，

觉^②来识微尘^③。

天真布禅机，

开怀即佛心。

2020 年 4 月 28 日 21 点 23 分

①常行：指经常探求，不断求索追行佛法禅道之意。

②觉：觉悟。识：认知、了解。

③微尘：一切众生皆如微尘，认知在佛法面前我们的渺小。

忆灵山五磊寺

久仰灵山寺，

五磊峰上顶。

春风花枝满，

秋林树色新。

竹径翠云湿，

古木栖幽禽。

风递钟声远，

潭影照禅心。

2020 年 5 月 21 日凌晨 5 点 11 分

五磊寺在家乡慈溪灵山顶上。至今已有 1700 多年。

梦见恩师阿育王寺方丈通一法师

木鱼敲碎尘世梦，
经幡临风非实相。
一步问禅千百年，
万丈云水半柱香。
可笑我执本来心，
半生难舍名利场。
问喜问悲问此身，
扫花扫叶扫万象。

2020 年 5 月 21 日早上 8 点 45 分

我十九岁在宁波千年古刹阿育王寺拜通一大和尚为师，开始学佛参禅。

访寺

绝巘凌霄万壑松，
层峦破岩腾飞龙。
半空疏梵虚无落，
钟声遥对云外峰。

2020 年 5 月 23 日 20 点 32 分

方竹寺夜宿

云藏古刹松藏风，
竹里飞泉竹外峰。
溪声到枕夜无寐，
空晓遥闻精舍钟。

2020 年 5 月 30 日上午 9 点 56 分

坐禅

雨入秋池风入波，
独枯坐禅白发多。
此中妙境属神仙，
一步羽化上星河。

2020 年 6 月 3 日 13 点 12 分

望江

梧桐疏雨风凄然，

望江独上烟霭间。

情随碧波终难了，

心似悬帆空往还。

身世浮萍春梦哀，

芳华逝去入莲台。

倦旅莫叹劳尘苦，

三更分得佛灯前。

2020 年 6 月 18 日凌晨 3 点 51 分

观犹昙菠萝花云朵

浑茫万劫拔天界，

仙殿祥云落尘间。

愿我俗身化无形，

三生千载一来旋。

2020 年 6 月 26 日早上 6 点 59 分

传说中的犹昙菠萝云想不到真的出现在人间，吉祥之兆
也。几十万年难见一次，示图以众生得福，祈福中华平安！祝
愿我所有的朋友们一生幸福安康！

重访寒山寺

辛酸文字枫桥夜，
惶作诗人到姑苏。
吟罢欲问中天月，
当年钟声若有无。

2020 年 6 月 27 日凌晨 1 点

题盘龙寺

烟雨霏霏岚气浓，

隔涧松阴几树红。

古木苍藤不记年，

清峭野壑传晨钟。

我入云迎出云送，

可无诗句吟秋风。

平分僧榻留空色，

一庭繁花藏仙踪。

2020 年 6 月 28 日凌晨 1 点 05 分

尘缘

尘缘心在已心空，

此身归命似孤鸿。

一示拈花破红颜，

百年色相付秋风。

天外野鹤栖古松，

洞中云气隐仙踪。

迢迢锦绣繁华路，

拂拂终寄浮生梦。

2020 年 6 月 28 日凌晨 4 点 06 分

访山寺留题

千峰万壑步步云，
山雨空濛洗风尘。
凭虚已觉身如幻，
心随梵音到丛林①。

2020 年 6 月 29 日早晨 9 点

①丛林：寺院。

晨起

历劫苦厄得今生，
心归太虚身归尘。
万物入空皆自在，
看破色相乃本真。

2020 年 7 月 1 日凌晨 5 点 12 分

访古寺

晴窗日日闻啼莺，
山楼花树一时新。
听溪不觉到兰若①，
心底明月照诗魂。

2020 年 7 月 1 日 18 点 36 分

①兰若：梵语阿兰若的简称，其义即空净闲静之处，也作为寺院的总称。

寻幽

看山本无心，
寻幽忘归程。
古木藏禅风，
夕阳觉前生。
兰若空在兹，
何以步芳尘。
门前一派溪，
落花留暮春。

2020 年 7 月 13 日早上 9 点 20 分

过大兴善寺

此身西来尘欲尽，
千年佛门禅意多。

2020 年 9 月 6 日夜 23 点 09 分

自观

秋月初上留半偈，

碧水长流具三乘。

钟磬遥过清梦觉，

虚坐静对午夜灯。

应缘心在已心空，

欲从前生问来生。

2020 年 9 月 15 日凌晨 4 点 16 分

自问

几度寤寐入仙台，

三生旧梦一瞬间。

坐余身世半空住，

千年寻真到此来。

2020 年 9 月 15 日凌晨 4 点 39 分

空山问禅

问水坐禅弄花香，
观云听松度心凉。
山中不知是何年，
日日钟声送夕阳。

2020 年 9 月 22 日上午 10 点 40 分

禅印空山图画余所得

悬岩峻嶒千峰奇，
云锁松泉万壑阴。
梦里仙人不可见，
花落月明正秋深。

2020 年 9 月 23 日夜 22 点 37 分

诶大善禅师句以赠此乞教

云山入心归一脉，
六尘顿觉半生闲。
长天雁去留空色，
秋水相送自年年。

2020 年 9 月 23 日夜 23 点 19 分

偶悟

不染红尘欲海路，

奚啻①得失问禅心。

谈经花雨沐天露，

布成②到此悟前因。

八部③法脉寂寞灯，

一香怡神指迷津。

灵山④半席盈四方，

诸天⑤揄扬⑥得大乘。

2020 年 9 月 15 日早晨 6 点 43 分

①奚啻：岂但，岂能。

②布成：参禅悟道有所成。

③八部：指佛经。

④灵山：传说佛祖讲法之地。

⑤诸天：指诸神，这里亦指人间各类精英人士。

⑥揄扬：指飞扬，赞扬。

春夕

歆傺中年偷余生①，

逴逴②春光已无痕。

梦中梅子家万里，

庭前花谢月三更。

何处他乡似故乡，

名山踏遍是归程。

自识世情多反复，

佛道渥洽③臧④空门⑤。

2020 年 6 月 15 日凌晨 2 点 38 分

①歆傺中年偷余生：指人到中年像繁盛的草木渐渐停止生长，开始枯萎以苟且余乐。

②逴逴：指青春年华已经越来越远了，找不到痕迹。

③渥洽：深厚的恩泽，这里指佛学对我的启示和开悟，让我感到佛的美好和伟大。

④臧：指善良美好。

⑤空门：指佛门。

涌泉寺

窗含素云落，
门锁烟水遥。
明月生沧海，
楼阁对江潮。
苦雨时怀旧，
临风适登高。
衣缁①三十年，
尘外参禅道。
月照十里松，
泉涌九曲桥。
青山招我魂，
相望人共老。
最爱庭前树，
花开舞妖娆。
深池问潜龙，
晚钟锁寂寥。

2020 年 6 月 1 日下午 15 点 16 分

①衣缁：黑色的衣服，亦指僧服，这里指我学佛三十多年。

走遍山水

ZOUBIAN SHANSHUI

送长安友人过宜昌三峡

四月风雨江南路，汀岸飞花满归途。

青山朝暮恰同行，吟到夕阳空有无。

诗梦千里俱白头，风月满川一孤鸥。

扬名立身多寂寞，繁华落尽难回首。

野树连峰水连天，云解风情花解语。

无端一杯相思泪，分付巫山半日雨。

长安得意正当年，宫阙栏干尽拍遍。

江水不断异乡梦，遥想古城花千片。

2020 年 5 月 29 日中午 11 点 22 分

梦游云山

梦游云山拜谪仙[①]，

欲问洞府[②]第几天。

六尘[③]顿觉[④]身心空，

不知人间是何年？

2020 年 2 月 10 日早晨 5 点 55 分

①谪仙：喻谪居人世的仙人，李白亦称李谪仙，我这里喻指山中的神仙。

②洞府：道家有三十六洞天、七十二福地之说，神道居住的名山胜地，洞天也指仙山。

③六尘：指佛教所说的色、声、香、味、触、法六境，此六境与六根相接，则染污净心，故名六尘。这里指尘世俗事之梦。

④顿觉：禅宗的顿悟。

忆灵山④

常忆灵岩客①，

欲采岭上云。

借问千年松，

三生了可证②。

丹崖③通化境，

紫霞布妙乘。

向晓窥色相，

坐观天地新。

2020 年 2 月 11 日夜 22 点 33 分

①客：指我本人，我常常回忆登上灵山做客。

②了可证：能不能在这里找寻自己前生来世的情份和印迹。

③丹崖：阳光下红色的山峰。

④灵山：在江西上饶，自古佛僧、道家圣地。

忆三清旧游（一）

前生我已到三清，
如今到此感旧情。
万古云路开天颜，
问道仙台入禅心。

2020 年 2 月 14 日夜 22 点 50 分

三清山为道家圣地，亦有拜观音参佛法的去处。道佛一家、和谐共处。

忆三清旧游（二）

七十二峰吐青莲①，

四方丹霞齐云集。

万众修持②拜灵境，

几人何幸坐仙台？

2020 年 2 月 15 日 0 点 10 分

①吐青莲：指众多的山峰像莲花一样开放。

②修持：上山拜仙修身，希望得到仙人的加持护佑。

忆九江

春寒怀古感斯愁，
旧约①浔阳江上楼。
问君②一别最忆处，
莫负城南庐山秋。

2020 年 2 月 18 日 0 点 33 分

①旧约：忆起当年春天曾与九江友人约定在浔阳楼上观赏美景。
②问君：问我自己。

梦三清

缥缈旧梦^①到三清，

漫山红叶自精神。

玉京^②临风揽日月，

紫霞门头理白云。

2020 年 2 月 18 日清晨 5 点 36 分

①旧梦：指我常常会梦到三清山。

②玉京：三清山的最高峰。

梦回武昌

梦回武昌正逢春，

十里樱花共月明。

今宵又见黄鹤楼，

引我长江万里情。

2020 年 2 月 21 日凌晨 4 点 08 分

　　向在武汉的所有抗疫英雄、工作人员深表敬意！岑其合十拜记。

春行（一）

泛泛春江上，
朵朵野梅开。
绿烟横画轴，
白云带诗来。

2020 年 2 月 21 日夜 22 点 29 分

春行（二）

雨晴涧水急，
风过香两岸。
春眠忘日月，
随意弄尘烟。
煮水等客至，
拈花修慧禅。
挑云觅仙踪，
遍游人间闲。

2020 年 2 月 22 日 0 点 55 分

五磊寺

山静钟声远，
殿深碧云凉。
古寺久寥落，
而今重发扬。

2020 年 3 月 22 日凌晨 1 点 12 分

五磊寺，千年古刹。在慈溪杜湖东侧灵山上。

春城夜吟

春城三月夜如水，

灯火繁星一天连。

云涌西山雪初消，

月落滇池入梦来。

2020 年 3 月 29 日凌晨 1 点 53 分于昆明客舍

游滇池远眺大观楼

西山雨过泻飞流，
滇池云散翠霭浮。
眼空恍然心无尘，
坐对西南第一楼。

2020 年 3 月 29 日 20 点 27 分

大理

古国①东望②几千里，

巴山楚峡烟迷离。

对此何从得乡愁？

浮云载我到滇西③。

2020 年 3 月 30 日 13 点 57 分

①古国：指大理古国，现存古城供游客参观。

②东望：向东遥望千里之外正是我的故乡。

③滇西：大理位于云南省偏西地区。

题峨眉奇峰

万古风雨万古天，

神遇迹化化峨眉。

擎天拔地涵太虚，

移来造化开新篇。

2020 年 4 月 21 日夜 23 点 40 分

云贵高原之行随风吟唱

山高水长，云淡风轻。

引诗入画，揽月同行。

一日千里，借我古今。

尘世清梦，笑对莫恨。

名利相忘，太古禅心。

万般气象，一片天真。

2020 年 4 月 24 日 0 点 40 分

三清行

观云林泉行世外，
自无尘扰到心间。
何须送迎车马前，
浮华如脱一身闲。

2020 年 5 月 12 日 17 点 15 分于三清山客舍

三清山行吟（二）

别开花径①入灵岩②，

半在雾中半雨间。

奇峰更宜云相随，

自问却疑画里山③。

2020 年 5 月 14 日上午 9 点 35 分

①花径：开满野花的山路。

②灵岩：充满灵气的山岩。

③自问却疑画里山：自己怀疑自己是否在画中的山间行
走。

雨中三清山

破云穿雾上三清，

三分风雨更宜人。

近岩奇嶂最堪恋，

远峰无处不消魂。

2020 年 5 月 15 日早晨 6 点 41 分三清山雨过初晴

三清随记

天门洞开千峰竞，

飞崖神工吐仙尘。

记取丹灶①羽化②处，

卧看祥云落三清。

2020 年 5 月 15 日 15 点 50 分

①丹灶：相传葛洪在三清山炼丹用的炉灶。

②羽化：道教俗语成仙之意。

三清行

吟风揽月驾长空，

玉霄洞天荡我胸。

不见仙翁①誓不还，

愿化片云供此峰②。

2020 年 5 月 16 日早晨 6 点 05 分

①仙翁：指东晋医药学家葛洪。

②愿化片云供此峰：我愿意化作一片云永留在三清山中。

三清雨霁即景

雨后偶见，信然即成。

雨晴发绿苔，
野花争相开。
莫言无人赏，
双蝶如约来[①]。

2020 年 5 月 16 日早晨 6 点 12 分

①双蝶如约来：指蝴蝶双双仿佛约定而至。

登三清山

三度登山已十年，
云烟深处几茫然。
御风更揣素心骨，
须知林泉已近仙？

2020 年 5 月 18 日早上 8 点 15 分

从 2010 年第一次登上三清山，中间又登了一次到今天刚刚过了十年。

过金陵

春水逐江魂，

秋风万里行。

世事多堪变，

登临看古今。

月落疏影浅，

乌啼乡梦深。

梧桐一夜雨，

悲思满金陵。

2020 年 5 月 21 日 0 点 56 分

三清行

画兴寄生余，

诗怀别有通。

几向三清行，

然觉梦里同。

此际悟真传，

尽是荆关①风。

退笔一万支，

造化六法②中。

2020 年 5 月 21 日 10 点 18 分

①荆关：五代北宋时期的山水画大家荆浩、关仝。
②六法：中国古代绘画的六种法则。

山行

秀峰叠嶂云外斜，

云里随处几人家。

空山无语不寂寞，

此中遍开五月花。

2020 年 5 月 23 日 0 点 06 分

望江

明月清风之夜，过湘江而望有此感。

渺渺洞庭岳阳楼，
萧萧楚天碧水流。
莫怪乡心随明月，
半生为客望江愁。

2020 年 5 月 24 日早晨 5 点 35 分

洞庭夜宿

乘兴朝发岳阳东^①，

畅怀夕至洞庭西^②。

孤舟昨夜闻新雁，

不待秋深尽南飞。

2020 年 5 月 24 日早晨 5 点 55 分

①岳阳东：指湖南通城。
②洞庭西：指华容县望君洲，洞庭湖西岸边。

望岳①

悟道气畅看灵脉，

学禅缘起问南山。

孤云无往曾不住，

倦鸟有去又飞还。

2020 年 5 月 25 日夜 21 点 28 分

①望岳：这里指南岳衡山。南山亦指衡山。

武夷行

放舟九曲棹歌行，

碧波奇峰胜画魂。

日暮酒醒何去处？

一心直指岩茶村。

2020 年 5 月 26 日早晨 6 点 53 分

古城晚行

古城夕阳落长河，
新柳亭外起烟波。
此情欲随春水去，
一心空载明月多。

2020 年 5 月 27 日凌晨 2 点

登三清山

三度登山已十年，

云烟深处几茫然。

御风更揣素心骨，

须知林泉已近仙？

2020 年 5 月 18 日早上 8 点 15 分

  从 2010 年第一次登上三清山，中间又登了一次到今天刚刚过了十年。

夜宿山村

月色穿帘风入花，
淡淡疏香两三家。
小楼夜静闻飞雁，
思乡情绪在天涯。

2020 年 6 月 2 日凌晨 2 点 17 分

忆江南

笔空了却无俗尘，

墨灵占断天地春。

君问江南好山色，

一片闲云属诗人。

2020 年 6 月 2 日凌晨 4 点

雨夜宿滇西古城

隔溪云烟峰沉沉，
逢夜风起雨声声。
十万寂寞付林泉，
一片乡愁满古城。

2020 年 6 月 3 日 16 点 50 分

雨过三清山

洞天紫烟玉华峰，

峰外连峰近却无。

雨过平添几分色，

更喜野花满仙都。

2020 年 6 月 5 日 15 点 34 分

过开化以赠乡友霞光兄存

雨过芹江①四月凉，

凤凰山②色晚苍苍。

良朋新醉重旧梦，

几点沙鸥似故乡。

2020 年 6 月 10 日 17 点 30 分

①芹江：开化母亲河，亦是钱塘江源头。
②凤凰山：开化城东的山峰。

韩岭夜宿

昨夜灯火结彩霞，
歌里楼阁巷里家。
记取小桥泊船处，
卧闻越语①卖杏花。

2020 年 6 月 16 日 0 点 33 分

①越语：我家乡的语言。

韩岭夜行

晚风余香探花灯，
前行回望迷归程。
借此移来画卷中，
徒有笔墨却难成。

2020 年 6 月 16 日 0 点 37 分

千丈岩飞瀑

断崖着雨飞白龙，
黄花含露笑秋风。
千丈野藤布天机，
多半人家有无中。

2020 年 6 月 21 日凌晨 3 点 27 分

忆武夷秋行

翠屏重叠禅林秋，
奇岩参差曲水流。
暮钟一声尘世远，
遥对自觉①观音楼。

2020 年 6 月 27 日凌晨 4 点

①觉：觉悟。

黄河壶口

此壶倒倾接天河，
一泻千里动地歌！

2020 年 8 月 17 日 15 点

旅思

舟中过客不相识，
同看江月了古今。
苍苍关山旅人苦，
遥对烟波共此心。

2020 年 8 月 27 日凌晨 4 点 50 分

过兰州登黄河之岸

坐究快意探微茫，

到此登临吞八荒。

2020 年 9 月 8 日 15 点 37 分

夜登衡岳

绵亘南天绝，
轸星之翼①间。
圣帝②灯火明，
佛祖真身传。
湘水流千古，
风暖雁北飞。
笑迈会仙桥，
揽月衡岳巅。

2020 年 5 月 25 日 11 点 35 分

①轸星之翼：南岳衡山位于星座二十八宿的轸星之翼。
②圣帝：指火神祝融，被黄帝委任镇守衡山，死后葬于衡山东帝峰，被尊为南岳圣帝。佛祖真身传：释迦牟尼的真身舍利子藏于衡山南台寺金刚舍利塔中。

忆天台旧游

天台峰高不可极，

天姥峭崒^①白云连。

时有白鹤飞来双，

幽寻远眺浮青莲。

赤城嶙峋^②丹霞起，

石梁孤虹云外见。

愿借止观^③示众生，

万法一心惟慈悲。

2020 年 2 月 17 日凌晨 5 点 20 分

①峭崒：峰高而险。

②嶙峋：山高壑深。

③止观：佛教用语，是天台宗的修行要门。

客路

江风一帆悬,

碧波归雁断。

夕阳重别情,

尊酒慰离愁。

常忆丁香夜,

凌晓桐花楼。

天涯问孤鸿,

从此各悠悠。

2020 年 5 月 19 日早上 8 点 39 分

忆滕王阁

滕王高阁天下楼，

看尽六朝无穷秋。

飞檐空含白鹭回，

槛外帆悬扬子洲。

冷烟微波三更月，

浮云沧浪一钓舟。

即今漂泊去何处？

飞花闲落水空流。

2020 年 6 月 12 日 15 点 24 分

忆别长安至洛阳逢乡友

烟里三秦别，

夕阳潼关渡。

穷途无知己，

寒水一雁孤。

逢君洛阳西，

不敢话当年，

又见春花落，

乡心正欲绝。

2020 年 6 月 14 日凌晨 4 点 20 分

金山寺早行

奇岩云连水，

塔影无住相。

千帆何处去，

一偈入心乡。

彩霞兴欲乘，

层烟九龙翔。

古迹供探胜，

衣带野花香。

2020 年 6 月 18 日凌晨 3 点 15 分

登郁古台

自古春水望里愁，
我言愁心随波流。
春愁随波流不尽，
无力春风催白头。
一片春红几度换，
可堪良宵独登楼。
空教多情锁春晖，
百代芳草成古丘。

2020 年 6 月 20 日凌晨 4 点 15 分

三清山抒怀

灵岳窈窕起东南，
龙驾云鎏飘紫烟。
欲欲乘风此登临，
不知仙都第几天？
感仰崔嵬出尘埃，
千古历劫法脉开。
雷音耀烁一元始，
道以功振三界外。

2020 年 6 月 26 日 19 点 17 分

登三清山

来往奇峰云际外，

欲求真诀拜仙台。

回首天路不见路，

行尽深山又是山。

翠壑森森风浩浩，

碧溪幽幽水潺潺。

尘襟俗垢俱洗净，

慰我与彼共散怀。

2020 年 6 月 26 日 19 点 30 分

登岳阳楼

洞庭朝雨入百川，
渔舟晚唱载月还。
疏云淡雾烟水远，
一点灯火一点雁。
拍岸浪花依次开，
登楼遥思心潮来。
雨后江山如铁铸，
千古兴亡千古台[①]。

2020 年 7 月 2 日 16 点 12 分

①台：这里指岳阳楼。

忆杭州秋以寄杭城诸兄

一年数度杭州游，

最忆西子湖上秋。

岸柳枯魂呈风骨，

残荷暮容寄清愁。

烟笼白堤桥欲断，

月照西泠平湖楼。

云迷水隔半分明，

风送花香①入梦流。

2020 年 7 月 3 日凌晨 1 点 37 分

①花香：这里指桂花飘香。

三清畅怀

畅怀玉京巅，

乘风自翩然。

峰与峰对望，

云与云相连。

断岩千丈起，

乱石藏万劫。

野林烟空浮，

深壑花自开。

寻幽拜帝阙，

问道上仙台。

老君在何方，

丹炉冷千年。

2020 年 5 月 17 日早晨 5 点 48 分

三清山

岩倾九龙山，

云吐聚仙台。

道法衍无极，

阴阳现三昧。

脚踏太虚门，

首探星斗连。

何幸逢仙师，

候我已千年。

扫月布法施，

沾露得真铨。

悠然五阴^①空，

意凌丹丘^②前。

2020 年 2 月 15 日 0 点 28 分

九龙山、聚仙台均为三清山的风景点。

①五阴：色、受、想、行识等五阴，亦指人的杂念、贪念、俗念、妄念、名利念等。

②丹丘：丹邱，传说中神仙所居之地，这里指三清山。

三清山感怀（一）

江山多奇秀，

三清引^①我游。

随行草花香，

独居忘尘忧。

峰外听风雷，

峰前观苍虬^②。

云中闲乘月，

云落天际浮。

登高千秋望，

怀古思悠悠。

平生万里心，

到此可迟^③留。

2020 年 5 月 14 日上午 9 点 16 分

①引：吸引。

②虬：松树。

③迟：迟迟，长久的停留。

怀玉山行吟

囊①携玉山玉，

笔底清江清。

对此读奇峰，

幽赏发诗魂。

一脉藏天机，

九星披地灵。

十万吉祥云，

供我枕烟庭。

壑深太古静，

林幂众窍鸣。

潜来悟气象，

面壁拂心尘。

2020 年 5 月 18 日 10 点 36 分

怀玉山在玉山县境内，与三清山相连。

①囊：行囊。这里指心囊。

宣州谢朓楼①寄怀

踏雪寻诗昆仑巅，揽月入梦大散关②。

问雪那得万里志？化作春水奔大海。

巫山吹泪断肠魂，洞庭放歌寄愁绝。

灯火夜雨瓜洲渡③，孤笛落日大漠烟。

千古文章俱头白，一生怀抱终汗颜。

无尽江山填胸次，满川风月对青眼④。

吟到潇湘衡阳雁，梦里家山百花开。

人生在世如浮云，明朝登楼驾鹤还。

2020 年 5 月 31 日凌晨 4 点 31 分

①谢朓楼：系南齐著名诗人谢朓任宣城太守时所建，又称北楼、谢公楼。

②大散关：在陕西宝鸡市南郊。

③瓜洲渡：在江苏扬州城南长江北岸。

④对青眼：杜甫秦州见除日……兼述索居：别来头并白，相见眼终青。此用其意。

匡庐行

浔阳①帘卷风飕飕，半江秋水半城月。

锁江楼头重开宴，遥想当年皆豪逸。

匡庐②拔起青天外，玉削芙蓉③隐苍翠。

五老④俯仰江湖⑤胜，三叠⑥飞泉明珠坠。

画屏重叠香炉绝，石桥横空封紫烟。

楚天微茫迷远望，长江浩渺起深哀⑦。

策杖开襟袖六合，揽月吞风倚九天。

踏歌行吟浑脱舞，逸兴遄飞指沧海⑧。

云生空壑入太古，泉挂巉岩奔龙潭。

星河泱溔⑨接古寺⑩，钟声起落已千年。

2020 年 6 月 26 日早晨 5 点 36 分

①浔阳：这里指浔阳楼。

②匡庐：九江庐山。

③芙蓉：指山峰。

④五老：庐山五老峰。

⑤江湖：这里指长江、鄱阳湖。

⑥三叠：指庐山胜景三叠泉瀑布。

⑦深哀：江水滔滔所发出的声音。

⑧沧海：这里亦可指云海。

⑨泱漭：浩渺无边。

⑩古寺：庐山山中的寺庙，这里指东林寺、西林寺。

梦游名山吟留别以共太白还

梦里与李太白携手共游千山万水，共话千年诗情，乃我平生第一奇梦也。此中诗句大部分都是梦里太白先生所赐，醒来即记，惜无梦里全篇气势。

丘裂赤土①向天横，岩崩青嶂排云生。

枯木穿空千丈起，翠竹连冥绝路尘。

山溪新雨后，垂虹去难留。

百尺苍松下，试问落叶秋。

为补青山云不足，畅泼淡墨起瀛洲②。

淋漓欲倒东南倾③，三千楼台一纸收。

驱毫吮墨游，醉里名山求。

偶将此身落人间，不踏遍千山万水誓不休。

云涛披裘④，碧波扬舟。

雪花枕梦，秋壑访友。

山苍苍兮思飞，风萧萧兮抒怀。

画禅诗癖可唱酬，草堂林泉忘千愁。

欲挽秦人⑤来此住，烟坞酒旗听鸡犬。

先生⑥闲户著何书？含毫欲拟动心魂。

晚留明月在窗台，对影独坐到天明。

满院尽莓苔，笑我空徘徊。

衰柳⑦数声蝉，魂消似旧年。

羁旅梦醒，却疑身还。

惆怅模样，几多泪眼。

展卷恍觉非人间，中年情绪尔许⑧重逢难！

2020 年 5 月 29 日早上 7 点 50 分

① 赤土：指红土。

② 瀛洲：指神仙居住的地方。

③ 东南倾：指江苏、江西、浙江一带。

④ 云涛披裘：白云当作裘衣披在肩上。

⑤ 欲挽秦人：指陶渊明《桃花源记》所载，秦人避战乱而入桃源，享受尘世喧嚣之外的宁静生活。

⑥ 先生：欲指李白，此中乃我本人。

⑦ 衰柳：指我人到中年，日渐衰老矣。常常在旅途中梦醒时觉已经回到过去和故土。一路上展开画卷和诗稿，恍惚之间觉得已不在人世，世事无常，命运多舛，中年过后的情绪和心情已经不可能回到从前纯真无邪的笑容和感觉。

⑧ 尔许：一瞬间。与过去年轻意气奋发的自己相遇一下都已经很难了。

这个春天

ZHEGE CHUNTIAN

望春归

三月一抹春消息，

黄昏又见炊烟起。

总零乱记忆，童年依稀。

旧情招得夕阳魂，

堪叹少年倦旅。

换了白头，归来万里，

卧看断月斜倚。

年年盼得，只剩三分春色，

七分空寂，杏花时候，

何处留住芳菲。

憔悴中年，笑对自己。

2020 年 3 月 5 日惊蛰时节 12 点 35 分

惊蛰唱晚

惊蛰新妆，丽日添长。

寒应消尽，又见炊烟昏黄。

留恋处，细细梳风，

相怜江南明月，起舞画堂。

雨过红肥，碧水清瘦。

幽香开眉，浑如故人邂逅。

谁与共，盈盈夕雨，

消息依稀何似，天涯依旧。

2020 年 3 月 5 日惊蛰 19 点 33 分

春晚行吟

寂寞春光，

无限心事晚来凉。

不比寻常时节，

最忆当年读书郎。

欲笑还愁，露染天香。

语燕又见，流莺初弄，

待来日，花前唱。

佳节如幻，

几番风雨入尘网。

消歇芳华过半，

笑我重来空行囊。

荼蘼含泪，蜂蝶频忙。

一江春信，千里渺茫，

梦参差，月下望。

2020 年 3 月 6 日 17 点 44 分

春行·忆昔

听夜来微雨，

看活色生香。

满枝红浅，

蝶戏蜂狂。

窗台惊见，

草绿鹅黄。

烂漫总归少年郎，

风流时世更新妆。

勾惹起，无限芬芳。

好认一帘闲愁，

春梦易破，

愁杀年年夕阳。

得几生修，

怕漏了春光。

2020 年 3 月 7 日夜 19 点 57 分

春问

别来春几许，
问春老否？
老眼犹自春相见，
怕听春雨。
且向花间留春愁。
花占枝头春意闹，
浮生长恨青春少。
桃红柳绿多薄幸，
肯为春光负一笑。

2020 年 3 月 9 日 18 点 06 分

春柳

淡烟无雨十里，

东风辛苦千缕。

薄凉心情，春寒天气。

依依无语，盈盈蜜意。

柔情欲绝，眉痕空迷。

人间事，无问今古。

留不住，章台①华丽。

当年隋堤，一片伤心雨。

2020 年 3 月 11 日上午 10 点

①章台：楚国首都，今湖北荆州。

春望

千树暗香总有别，

世事几番新局面。

览万紫斗影，

看千红竞美。

听新枝流莺，迎旧巢归燕。

兴怀魂之飞扬，快意气之苍然。

知至盛世登临，幸吾千山万水！

2020 年 3 月 15 日上午 9 点 43 分

春寻

画箔青灯描春宵。

梦起试听花雨悄。

欲问晓凉时节，

恰满天风露，

芳菲无主，

算何必留恋，

中年到，

对花最魂消。

寻春虽迟迟昏晓。

枝上残红阶下草。

著意无头绪，

落花还更扫。

何事问东风，

多情人易老。

2020 年 3 月 10 日早晨 6 点

宅家有感

人生几回登，

风度肃宏远。

孤独无限意，

寂寞六尘觉。

浮沉五十载^①，

虚空三千^②重。

明月如有约，

对影坐从容。

2020 年 2 月 7 日凌晨 1 点 50 分

①五十载：指本人已五十二岁。

②三千：三千大千世界。

为宁波、慈溪援助湖北医疗队的英雄们致敬

泣血锵锵万邦安，

白衣荡荡千灾散。

情系家国更绸缪①。

稽首②英雄凯旋还。

2020 年 2 月 9 日夜 22 点 02 分岑其合十

①绸缪：指连绵不断，情意殷切，指白衣天使们对祖国的情深意重。

②稽首：叩首，中国古代交际礼仪，这里指向英雄们敬礼！等待他们的好消息，平安归来！

抗击疫情感怀

病魔浩劫山河泪，
风雷激起家国情。
沧桑几度不足奇，
万众合力天地新。

2020 年 2 月 14 日凌晨 4 点

抗疫宅家

1月19日归家至今已近三十天，我没有离开过家门。此时窗外春寒料峭、风雨乍起，前几天开的春花大多凋谢了。疫情持续，抗疫艰难，心生惆怅时作此抒怀存记。

抗疫宅家三十天，

所乐无多未尽闲。

谁与今宵月下饮，

窗外春花已半谢。

2020 年 2 月 16 日 0 点 52 分

午夜梦醒

　　画余小睡，入梦见星河化成甘露洒满神州大地，瘟疫病毒全部清理干净，一片欣欣向荣的景象重回人间。醒来即成。

春雨带泪寒风侵，

意绪惆楚入梦频。

星河半落甘露水，

还我神州一片清。

2020 年 2 月 16 日凌晨 1 点 21 分

听苍穹之下歌有感即成

悲呼逝水，闻诣往贤：指很多贤能、专家、值得我们尊敬的人，在国家危难之际都纷纷出力、捐款捐物。在历史长河中他们与万千白衣天使们一起将会永远传颂。

大地疫劫，苍穹堕泪。

英雄万千，无私奉献。

悲呼逝水，闻诣往贤。

万象更新，一朝开颜。

2020 年 2 月 16 日凌晨 1 点 53 分

回文诗·春寒

春寒乍暖又还冷，

冷还又暖乍寒春。

魂消半掩香梦浅，

浅梦香掩半消魂。

2020 年 2 月 16 日夜 20 点 03 分，尝试回文句作此

春寒夜吟

疫劫残噬斗春寒，

天使傲骨更弥坚。

一洗天下清平日，

喜迎河山百花开。

2020 年 2 月 18 日凌晨 3 点 06 分

宅家

相互问好心里甜，
宅家净心守平安。
时刻牵挂关山远，
度过疫情喜相见。

2020 年 2 月 18 日清晨 5 点 46 分

武汉（一）

长江到此最锦绣，

万家灯火千家楼。

气吞八方连四海，

云帆如潮下扬州。

2020 年 2 月 23 日 0 点 53 分

武汉（二）

春风吹满两岸楼，
花笑水迎鸟啼欢。
千里江山美如画，
万丈黄鹤①成大观。

2020 年 2 月 23 日凌晨 3 点 08 分

①黄鹤：指黄鹤楼。谨以此诗献给美丽的武汉。祈愿武汉
早日摆脱疫情，恢复往昔繁华美丽的大都市景象。

春晓

借问枝头昨夜春,
竹外柳烟闻啼莺。
花雨满地含春泪,
十分香消更动情。

2020 年 2 月 25 日凌晨 4 点 43 分

春半

二月初暖又薄寒，
隔花问柳惜流年。
但觉春半归梦好，
细雨和风共我眠。

2020 年 2 月 29 日凌晨 2 点 02 分

江南三月

花肥叶瘦春意浓，
柳疏风斜月当空。
隔溪何人吹横笛？
江南三月梦相同。

2020 年 3 月 2 日 0 点 30 分画余偶得

惊蛰

北斗七星近紫薇，
万物初醒闻惊雷。
遍地黄花①正吐芳，
一夜喜雨②满江南。

2020 年 3 月 5 日惊蛰时节凌晨 2 点 38 分
当北斗七星靠近紫薇星时正逢惊蛰时节

①黄花：油菜花。
②喜雨：新的雨水开始滋润大地后，有利于播种生长。

春行

千种花姿万种香，
惊蛰过后争芬芳。
黄鹂先得人间春，
清波杨柳影成双。

2020 年 3 月 6 日早晨 7 点

喜雨

一夜喜雨大地新，
万花齐放奔春梦。

2020 年 3 月 13 日 18 点 55 分

春回

枝上露，花已睡。

一片星光轻云染，

欲揽星河和月咽。

青山笑，鸿雁归。

十里东风送春回，

趁此良辰共华年。

2020 年 3 月 14 日早晨 7 点 09 分

春分

春分何处是，
蝶舞花枝头。
和风独飘然，
人间无所求。

2020 年 3 月 20 日春分时节夜 23 点 19 分

忆清明

杏雨溟濛乍疑晴，
莺啼流转动故情。
心安无处不家山，
孤灯夜雨过清明。

2020 年 4 月 15 日夜 22 点 13 分

谷雨

因梦江南细雨好，

夹岸柳阴烟千里。

2020 年 4 月 19 日谷雨时节于昆明

忆清明

春梦觉来已清明，
寒食拾起故人魂。
我等本是尘外身，
休提黄花愁杀人。

2020 年 4 月 24 日凌晨 2 点 45 分

送春

人生世味淡如纱，

心静睡迟午后茶。

不知一夜春风去，

小雨空帘送落花。

2020 年 5 月 14 日上午 10 点 58 分于三清山希尔顿酒店

春残

余梦堪春眠，

不忍听莺回。

花残蜂无影，

雨过蝶乱飞。

初闻新茶香，

又见旧时燕。

请君莫写愁，

春愁深似海。

2020 年 5 月 23 日 11 点 04 分

桃梨吟

坐看细雨落春云，

桃梨芬芳两分明。

古来枝上皆薄命，

风吹花雨泪纷纷。

2020 年 6 月 3 日 13 点 17 分

山居春晚

蕉风暮生凉，

桐花落砌香。

岸柳拖烟绿，

碧水衬斜阳。

帘卷睡迟起，

绮疏^①倚旧梦。

满目飘轻絮，

留醉惜残红。

2020 年 6 月 24 日 9 点 21 分

①绮疏：指窗户。

春晓

何处觅春晓，

幽涧传啼鸟。

落花去无声，

故梦知多少？

2020 年 6 月 25 日 16 点 40 分

忆春

从来春风花自好，
却应回首皆成空。
芳草不迷旧时路，
落霞尚恋一夕红。

2020 年 9 月 15 日早晨 5 点 52 分

春月花香之夜以赠友人

疫情严重，宅家专心创作之余，聊寄此诗给远方的朋友以报平安，并消寂寞长夜也。

陌路①空花香，

野潭月跃②明。

观花花不言，

揽月月无形。

徘徊恐成迷，

切莫匆匆行。

花笑月明夜，

对饮踏芳尘。

花月可留客，

与君了此生。

一朝寒露起，

风雨同归程。

2020 年 2 月 11 日凌晨 3 点 33 分

①陌路：陌生的路、指不熟悉的地方。

②跃：跃出。

春祭

　　春天就在那里，我们眼睁睁地看着春天来啦。春天就在这里，我们又眼睁睁地看着春天离去。原来之前，我不知道春天是那么脆弱，触碰一下，都是泪水。这个春天里，再也不需要鲜花、也不需要故事，需要的只是人人有一个温暖的家可以回去，有一双双温暖的眼睛、和温暖的双手等着你。

　　　　　　　　　　　2020 年 2 月 28 日夜 23 点有感而发

这个春天

　　谁说樱花没有眼泪，只是我们不懂她的伤感。谁说春天就在眼前，可是我们的脚步慢了一点。谁说最美人间四月天，但是你还没有看到白衣天使口罩背后的脸。有人在高尚、有人在忍受、有人在呼唤、有人在叹息、有人在坚守、有人在盼望、有人在祈祷、有人在哭泣。有人可敬、有人可爱。有人向死而生、有人舍身忘死。有人平凡到最微弱的付出而感动一座城市，有人伟大到最无私的付出而托起生命的蓝天。没有人会忘记这个春天，更没有人会忘记这个民族的根本：就是奉献！

　　　　　　　　　　2020 年 3 月 2 日凌晨 3 点 45 分

告别春天

梦见春天艳丽鲜嫩的世界，我在其中莫名的伤感，花瓣带着泪花告慰着春天里逝去的灵魂，我在很多很多的花瓣里擦着眼泪，我对着一片一片的灵魂无言地画着，画了一片片白色的花海，花海中有一双双失望而留恋的眼睛，我发觉，我的双眼也在其中，用无比期待的目光看着我、看着这个世界。我突然觉得我活得毫无意义……像春天飘落的花瓣，唯一让我感到欣慰的是至少我还能化成泥土。窗外一阵惊雷，梦断了。来不及关窗，匆匆记下。

春天，只是一个季节而已，再没有必要为她的盛开而赞美，也没有必要为她的逝去而留恋。春天，她不会因你的热爱而延长，也不会因你的忧伤而缩短。对有些人来说一年之计在于春，但对有些人来说一年之计可能在于夏天，也许在于秋季或是冬天。就对于我来说，我喜欢在夏天的傍晚，夕阳余晖洒下的片段记忆，听着蝉声穿越时空的感觉，我的脑海里会涌现出很多画面和灵魂深处潜意识的轮回一闪而过，或许我前生的一个夏晚同样在这种场景中边走边唱。而我更喜欢秋天，因我出生在中秋后的一个午后，注定我在秋风、秋月、秋雨、秋水中寻找最初生命中的记忆。一切行走、吟唱、孤独、快乐、挣扎和淡然都在秋天的路上自觉成行。如秋风清扬、秋月无边、秋雨疏心、秋水远横。如人生隔岸而远观、苍然而洞达、徘徊而澄心、孤独而清古、淡然而优雅。而仰望星空，独揽明月，偶有秋梦，共鸿雁而暮归，与烟云而晨飞，携月光而成诗，带秋水而入画，勃勃如苍烟之思、耿耿如长天之曲。是也，我乃一年之计在于秋乎，付诸于行，获于梦寐矣。春天，只是一个季节而已，就像我的青春，不知不觉中已经过夏入秋，惊醒回首，繁华落尽，尚有一丝秋意的挽留。絺兮绤兮，凄其以风。我思古人，实获我心。春兮秋兮，各尽以美。我思万象，实出我心。

2020 年 4 月 3 日凌晨 2 点 50 分

望月怀乡

WANGYUE HUAIXIANG

秋晚心情

秋水苍苍，

望倦月空对。

念上头，

还又断送。

临风俱寒，

瘦骨渐老。

故园望，

一笛当楼。

诗酒强留清欢，

天阔飘零心情。

旧消息，

新雁远。

2020 年 10 月 22 日 0 点 12 分

望尘

人间无住①，看虚华空换。

花开十丈，终究尘土烟冷。

闹红易过，

新月旧雨秋语，

客里憔悴故魂。

天际路，看孤雁锦帆，阑干倚处，

空留一线尘缘，半星心力，

怎奈向乡梦水远。

秋波暗送，送我千年一问。

年年花落，惜为谁心苦？

梦各天涯，载取一抹愁痕。

夕阳断送，送我千年一瞬。

2020 年 10 月 31 日晚 19 点

①人间无住：在人间无处不可以安放自己。

夕烟归帆

凌波脉脉，随风迢递，

夕烟轻散还依依。

水连天、月千里。

秋也抛人去，飘零无限意。

故园凝望空，归帆一醉迷。

从来天涯，新愁无际，

乡梦断、迟消息。

良辰难过，楼台空倚。

2020 年 11 月 1 日夜 21 点 40 分

望乡

画阁目送落阳远，

青山无雨云遮断。

无穷天涯，无尽是乡愁。

春江别去，秋水寸寸依旧。

雁字楼头，只有离歌。

闲寻旧踪迹，登临几番，

又送黄昏雨，凉了杯中酒。

2020 年 11 月 8 日下午 17 点 03 分

觉身

浅草偏宜秋雨，

夜月溶溶，寂寞幽梦酿落红。

柳絮迷离和风，

家山叠叠，一帆夕带水西东。

柔云梦远谁寄，

浮世冉冉，消歇芳华如幻空。

黄花依旧去年，

归来醉也，觉身疑在广寒宫。

2020 年 11 月 20 日凌晨 4 点 16 分

梦见母亲

梦里回到家乡旧宅，童年的记忆反复出现，我常常站在村口，盼着夕阳西下，看到母亲一天劳作归来的影子是我最大的幸福。

风疏星稀寒秋，

却别怨，

半生一觉。

隔梦时见，

叹尘世艰辛，

良辰苦短。

数归期难准，

不堪伤白发相对，

犹忆童年旧事。

一月当楼，

十分故魂。

能匆匆几度也，

泪满面，

立风前。

2020 年 10 月 21 日凌晨 2 点

秋望

五十二年草草，

望中犹记，

少年江南路，

一片云山依旧。

雨打风吹总不绝，

老来风味只伤寒。

怕逢佳节，

憔悴容易，

如今但有，

月照白头。

望里关山一心秋，

浪迹流光飘零久。

空无消息织清愁。

孤雁如客，

病老归途，

夕阳旧亭楼。

2020 年 10 月 21 日 17 点 56 分画余偶感

那些旅途

月光、故乡。

始终在思念的伤口上，

这个千年不变的旅愁。

落满了孤独，

落满了伤感，

落满了期盼和刺痛。

那些落叶之外的云山，

那些微雨之外的江水，

那些尘埃之外的陌路，

那些夕阳之外的归雁。

那些旅途之外的故梦，

那些远方之外的牵挂。

更堪，那些枯枝萧瑟间的凄迷，

那些生活琐碎间的挣扎，

那些月光寂寞间的寥落，

那些踩在伤口上的归途。

每一步是启程，亦是归宿。

如果岁月是静好的，

为何秋光来的如此突然。

如果世事是静淡的，

为何月光却叫人如此伤怀

如果人心是静美的，

为何都忽略了名利之前的裂缝。

生命如此偶然，渴望美好的相逢。

当月光随着失望般的无助在旷野摊开，

故乡，是一丝温暖的安慰！

2020 年 9 月 9 日 0 点 27 分

家乡行

　　钱塘南岸是我的家乡慈溪，我在这里出生。五十二年，匆匆而过如梦一般。

　　　　钱塘南行是家乡，五十余年梦一场。
　　　　云笼灵岩五磊钟[①]，雨润三北[②]花千行。
　　　　海塗荒田成热土，徐福东渡又启航。
　　　　最忆杨梅旧滋味，一片青瓷惊四方。

　　　　　　　　　　　　2020 年 2 月 28 日 20 点 20 分

　①灵岩五磊钟：灵山上五磊古寺的钟声。
　②三北：慈溪的旧称。家乡昔日的海滩荒田如今已成繁华美丽的新城。这里有千年传奇故事徐福东渡，有驰名海内外的青瓷发源地，有我童年少年时代最爱吃的美味鲜果杨梅。

怀远

客住三清山，怀想故乡和好友而成。

半生羁旅客，
一夕万里心。
山河供极目，
云烟生诗情。
古书快意读，
良友趁同行。
美景豁我怀，
更着故梦深。

2020 年 5 月 15 日 16 点 49 分

三更孤梦

客于三清山下作。

孤梦三更枕落花，

辛苦笑杀向天涯。

此心不到关山尽，

云水路遥处处家。

2020 年 5 月 17 日早晨 7 点 32 分

客路

江风一帆悬，

碧波归雁断。

夕阳重别情，

尊酒慰离愁。

常忆丁香夜，

凌晓桐花楼。

天涯问孤鸿，

从此各悠悠。

2020 年 5 月 19 日早上 8 点 39 分

梦起

望乡飞鸿万里情，
云山秋色是归程。
借得庄周蝴蝶梦，
一夕醒来到家门。

2020 年 5 月 21 日凌晨 3 点 49 分

望月怀远

春愁锁明月，

魂消花落时。

独拈清灯夜，

怎奈起相思。

情绪天涯满，

几多惆怅滋。

别来音信断，

梦里问归期。

2020 年 5 月 30 日凌晨 4 点 58 分

游子吟

慈母寸心悲，
游子梦里回。
临行问归期，
惟恐生死别。
关山风雨路，
何处还相见？
此情长相忆，
白发报春晖。

2020 年 6 月 4 日 17 点 37 分

父亲节忆故乡

人生多半沉瀁^①间，
已无香花过中年。
一窗明月乡关近，
空待家山入梦来。

2020 年 6 月 21 日夏至又父亲节 17 点 56 分

①沉瀁：形容宽广浩渺的水面。这里指对人生漂泊、羁旅奔波的感慨。

临别赠友

一缕归魂云水藏，
相依沦落共夕阳。
天涯只影已半生，
与君如梦还故乡。

2020 年 6 月 26 日 20 点

梦故乡

孤旅更伤夕阳斜，
憔悴流年叹落花。
趁此中年梦方好，
梦到故乡恨天涯。

2020 年 6 月 27 日凌晨 4 点 20 分

寒秋

半生故梦寒，

一醒已见秋①。

无端乡心起，

独上明月楼。

2020 年 6 月 27 日凌晨 4 点 30 分

①已见秋：指人生已过中年。

题家山万里

一片家山入梦长，
半幅丹青寄愁肠。
孤云向来万里意，
卧看明月似故乡。

2020 年 6 月 25 日 17 点 25 分

故乡别忆

故乡一别万里遥，
惭愧沦落年华老。
从教清泪洗归程，
只今寒梦入空宵。

2020 年 6 月 29 日早上 9 点 45 分

怀故

画楼一灯寒，

月落客未眠。

衣薄怀故地，

情深意茫然。

回首风雨路，

行寻入暝烟。

浮尘人空老，

世态逐冷灰。

2020 年 6 月 28 日凌晨 5 点 21 分

题芙蓉

夜半醉归客灯残，
水天空阔雁高飞。
芙蓉唤起乡关梦，
无穷寂寞画中看。

2020 年 6 月 27 日早晨 6 点

晚安

人生百年终散场，

生死离别又何妨。

荣辱得失皆是梦，

身灭只当回故乡。

2020 年 6 月 30 日夜 21 点 07 分

夜别

停杯遥听归棹声，
灯火江洲几点明。
客楼月夜终宵在，
烟雨无端惹别情。

2020 年 6 月 30 日凌晨 5 点

处暑夜吟

处暑以后，天气入秋也，看弯月临空，听窗外虫鸣，故得此。

空明月露凉，
虚堂生夜阴。
适见叶萧疏，
复听草虫鸣。
秋事多感慨，
自知望乡心。
昔爱名山游，
万事随怡情。

2020 年 8 月 25 日凌晨 3 点 40 分

初秋夜望

初月挂疏桐，

风高传寒蝉。

山虫聊自听，

旅人且萧然。

瑟飒飞雁下，

遥怜隐泪眼。

独行逐凉风，

长望旧乡关。

2020 年 8 月 25 日凌晨 4 点 20 分

致友

日暮乡关流水心，
月明长照故人情。
千里一杯莫相忘，
淡中滋味可终身。

2020 年 8 月 28 日凌晨 3 点 38 分

秋分

秋雨和风共低唱，
梦冷犹剩野桂香。
孤旅更恋千里月，
对影浅酌问故乡。

2020 年 9 月 22 日上午 11 点。

梦里春江花月夜

春江绿烟水涟涟，花月多情自绵绵。

江天一色无限意，花下鸳鸯伴月眠。

良宵悠悠忆旧年，对月相望空回味。

谁家何事吹玉笛，乌啼落月绿杨边。

仙境月高独驾鹤，妙界花香上云台。

月落未落时现灭，花开花谢几轮回。

乡思沉沉梦落花，可怜月圆不还家。

愁眉敛翠春烟薄，弄月起舞共天涯。

一壑松风凉入枕，四更江月正当楼。

鸿雁回头横空去，十里亭外不胜愁。

青含银汉三千界，香透尘世一万年。

江月何年照人归，旅人相思多徘徊。

2020 年 6 月 28 日 17 点 57 分午梦迟起即成

人生五十

RENSHENG WUSHI

五十二周岁生日后得此感

又中秋，

婉娩①流年。

画堂寂寞，

能赋词缃帙②迟暮。

微波淡月，

恐回首多与心违。

空苦今夜，

黄花凋零处，

梦里春风如昔，

一杯凉茶，

五十二荏苒。

最堪爱，

云外山河，

夕阳下，

月初上，

望里隐隐，

零落一身千年。

2020 年 10 月 20 日凌晨 3 点 50 分。生日已过九天了

①婉娩：天气温和，这里指青春年华悄然流逝。

②缃帙：书籍，这里亦指书画作品。

旧年如梦

无语画楼秋深，

旧梦纷纷，

半生苦空如尘。

窗前，月下花落多余香，

灯下，寂寞何曾闲更清。

那年倦客，

嫣然凝笑白发送西风。

三更新露，

雁过曲终，

坐对孤魂千年去，

消我一生一抹红。

2020 年 11 月 1 日晚 18 点 42 分，画余所感

清梦觉身

今宵何处结丁香，

唯有别时，

难忘疏雨吹泪。

清梦觉身，人静天凉。

辛苦飘零空留迹，

一年尘事，十分秋光。

黄花凋离何限，

骚赋吟遍，人远青霜。

2020 年 11 月 19 日凌晨 2 点 02 分

小雪以望

流年驰隙，秋去也，

初雪一瞬星霜换。

点滴尘缘，回首家山远。

曾少年，几番花红柳绿，

又春浅秋深，问燕子来否？

雁啼处，关河声声，

望川销凝。

当年事，已东流。

可惜才气，身老江洲。

2020 年 11 月 22 日小雪时节 15 点 55 分

小雪抒怀·以寄诸立诗兄教

小雪初望，江南看尽老眼。

搅碎心事，别時憔悴。

风吹去，草色不染。

留云借得片月，

却怕逢時人瘦。

也须旧年清泪，

一洗半生牵绊。

能几日，又春回，

百花楼头，迎风恰载酒。

2020 年 11 月 22 日小雪時节 17 点 12 分

寒江雪

尘埃落尽浅云寒，

日暮沧波水连天。

早占去，相思一半，

澄心犹凝恋。

落叶应解，

浮生随缘聚散空相随，

孤舟尽带千里雪。

临晚迟迟忆，往事重重帘。

念去去，风切切。

总有千言万语，泪不干。

2020 年 11 月 23 日凌晨 1 点 56 分

觉来流年

一池萍碎，半生别宴。

尘世多隔离魂天，

去棹连江寒。

几许梦半，曲终时候。

幸有归来旧时雁，

声声夕阳边。

身老心情，觉来流年。

无限愁肠空滋味，

长夜借月眠。

2020 年 11 月 23 日凌晨 3 点 55 分

题桃源问津

心似流水好①问津，

欲到无求更率真。

岑郎②不悟思归去，

空度人间五十春。

2020 年 2 月 9 日凌晨 1 点 25 分观旧作《桃源图》以题

①好：喜欢、积极的意思。欲：欲望、贪恋、追求名利之心。
②岑郎：即作者本人。

午夜抒怀

五十二年堕世间，
遍访丛林①众名山。
平生不恋阆苑②春，
雄心直指到楼兰③。

2020 年 2 月 17 日 0 点 36 分

①丛林：名胜古迹和庙宇禅寺。

②阆苑：仙人住的地方，这里可指豪华奢侈的房屋住舍。

③楼兰：古国楼兰，敦煌往西数日的路程。现已湮灭在沙漠之中。

旧时滋味

长空万里云霞暖，

一天秋光碧水明。

锦瑟华年谁不老，

旧时滋味思好春。

2020 年 2 月 20 日晚 19 点 25 分画余偶拾

午夜拾兴

劳生一梦无留迹，

诗文十年得半句。

尘襟寥朗入翠微，

弄月种茶采黄菊。

2020 年 2 月 21 日凌晨 1 点 16 分

采黄菊：意指学陶渊明采菊东篱下之隐逸生活。

半生离索

半生离索无根蒂，

飞花落叶坐禅衣。

从来五十重旧情，

那更白头偏着意。

2020 年 2 月 26 日凌晨 3 点 27 分观旧照有感

忆昔

云水生涯少年游，
诗书闲卷月当楼。
曾是青春好梦里，
一朝夜雨即成秋。

2020 年 2 月 27 日凌晨 2 点

凌晨睡起

病臂榻侧已半生，
眼拙案头苦行僧。
尺幅烟云梦往还，
心归淡然气自清。

2020 年 3 月 4 日凌晨 3 点 55 分

赏花吟

花落香散空枝绕，

唤起路人供一笑。

风前十里浮尘梦，

诗情不觉年华老。

2020 年 3 月 7 日 14 点 29 分

尘心入世

尘心入世几岁年，
花飞花落为谁开。
我亦人间风流客，
长往云山访花仙。

2020 年 3 月 15 日凌晨 5 点 40 分

午夜觉醒

长恨春梦觉来短，
莫贪花开一时新。
花开花谢无绝期，
此生百年终归尘。

2020 年 4 月 9 日凌晨 2 点 19 分

　　春梦易醒，花开即谢。可花开花谢永无尽头，而人生苦短还不如一束案头鲜花。

登高

登临感化浮生短，
仰愧徒怜岁月轻。
深知花雨迷人眼，
回头已是百年身。

2020 年 4 月 13 日 17 点 17 分，忆德兴大茅山而作

晨起感怀

无可聊作半生艰，

奈何空许已衰颜。

身外云山水一色，

一半野花一半禅。

每于尘世无求处，

淡中美味自生还。

日静月长不寂寞，

午睡卧听儿女玩。

2020 年 5 月 15 日早晨 5 点 31 分

端午（一）

旧事回首对花慵，
十分憔悴怨东风。
但今老眼看花迷，
须拼青丝付残红。

2020 年 6 月 25 日端午节 0 点 57 分

端午（二）

夜雨无端催故梦，

梦里问春何匆匆。

载酒戴花年少事，

半生飘零惜落红。

2020 年 6 月 25 日凌晨 1 点 47 分端午节雨夜感此

黄昏游归来

一灯十年梦[①]，
瘦尽半身骨。
回头问夕阳，
更向黄昏路。

2020 年 6 月 25 日 17 点 34 分

①一灯十年梦：指一灯寒窗十年苦读。

浣溪沙 · 夜歌

歌声夜雨落梧楸，清泪写出千古愁。自怜身老今空有。
留取曲终香灰冷，旧梦时回惊画楼。羞对前人泪空流。

2020 年 6 月 30 日凌晨 5 点 30 分

深院

几声秋蝉入寒宵，

愁对黄花人空老。

暂凭杯酒度寂寞，

一夜无梦听芭蕉。

2020 年 7 月 2 日 15 点 50 分读唐韩偓诗有感

秋望

月半夜闻鹤，

风寒怅秋鸿。

归期更几年，

辛酸两地梦。

2020 年 9 月 16 日凌晨 2 点 26 分

秋雨夜记

惭愧此生半已残，

恍惚犹惊五十年。

人间美景看未足，

始知万事皆空幻。

2020 年 9 月 21 日凌晨 2 点 43 分

对话古人

DUIHUA GUREN

读唐寅①桃花庵诗所得

五百年前桃花庵，

桃花依旧人无觅。

桃花元②是多情物，

花开花落自年年。

2020 年 4 月 10 日凌晨 1 点 10 分

①唐寅：明代著名书画家。

②元：本来。唐寅已逝五百年，桃花庵前的桃花依旧年
年盛开。

读陈子昂登幽州台歌感此

大块文章思古人，
仰望日月揽星辰。
满酌一杯诗和泪，
怆然涕下万里心。

2020 年 5 月 30 日凌晨 4 点 49 分

读李白将进酒有感

万里天涯关山月，

一樽浊酒江湖梦。

客旅自古多登临，

满目惆怅且吟咏。

老身惊怀半生空，

白发题诗送春风。

惟有夕阳旧相识，

坐对销愁莫名中。

2020 年 6 月 4 日 18 点 10 分

读唐谭用之秋宿湘江遇雨诗感此

梦里明月秋风早，

诗中尘土红颜老。

使君惆怅归何处，

乌啼声声听江潮。

悲来世事托死生，

乃知人情欻然轻。

半生苍惶老病身，

愧对白头问苦辛。

2020 年 6 月 15 日凌晨 2 点 26 分

诶唐刘禹锡始闻秋风有感

夹岸芙蓉倚水开，
秋雁一别几时回。
为君相送情无限，
忆昔欢颜梦中来。
纤云疏远静兀兀，
野洲空阔意绵绵。
一年秋风今宵多，
恼人明月到楼台。

2020 年 6 月 17 日 0 点 22 分

读李商隐诗感此

相见恨别别亦空，
花枝半怨怨东风。
雁声啼醒身是客，
归棹夕阳落残红。
暮雨轻烟隔帘栊，
烛烬香残思却浓。
旧欢魂断天边月，
缘浅还续来生梦。

2020 年 6 月 18 日凌晨 3 点 29 分

读李白题画诗有感

无力春红晓迷烟，水流无尽意渺绵。

孤舟一去谁与共，望里空虚觉又回。

几度旧梦芳草连，问君消息听莺燕。

海棠香老画楼晚，含泪遥指碧云天。

忆昔沽酒花千片，黄鹂啭声听憔悴。

旧欢新梦觉来时，相逢赢得半生醉。

山月多情照花开，玉笛灯影吹孤眠。

须教功成拂衣去，水墨生涯送余年。

2020 年 6 月 20 日凌晨 4 点 31 分

读白居易长恨歌

千古长恨一笑回，

春风桃李各带泪。

别来香消岂无情，

可叹杨花已成灰。

比翼双飞终是梦，

枝叶连理亦为空。

天上人间永无期，

马嵬孤丘夕照中。

2020 年 6 月 20 日 13 点 55 分

诉衷情·忆陆游

少年畅怀觅封侯，笑谈指九州。豪情今落何处？梦里冷锦裘。　　凌云灭，叶归秋，水自流。人生难料，心系关山，魂断沧洲！

2020 年 7 月 3 日早晨 6 点 21 分

生查子·忆刘克庄

落红惜年华，苦读到明发①。生涯各不同。最伤中年别。　　举杯思上眉，泪洒空中月。消息一夜收，从此愁时节。

2020 年 7 月 3 日早晨 6 点 29 分

①明发：天色发亮。

夜游宫·忆吴文英

野渡人空雁杳，扬州梦，千年一觉。雨余疏磬秋枝晓，听归鸟，别夕桥①，情未了。　　向晚明月早，对此旅愁知多少？说与江水未知道，报平安，转花灯，人空老。

2020 年 7 月 3 日早晨 6 点 38 分

①夕桥：夕阳下的桥上。

江城子 · 忆苏轼

　　读苏轼悼念亡妻王弗之句，我十六岁始至今阅读不下千遍，其情之深、其伤之痛令我潸然泪下，这种伤痛烙印于心，无须多想却难以忘怀，非时间、空间、生死可以阻断我与千年之前的东坡先生满面尘霜的对话。这种跨越千年、跨越时空的辛酸着实让人无法释怀。

　　千年生死俱微茫，苦思量，乍难忘。终入丘坟，无梦何凄凉？身落尘缘须应识，人薄面，冷如霜。　　自古伤情多还乡。儿时窗，少年妆。对镜无言，使君泪千行。要知来生重逢处，今生夜，松月冈。

2020 年 7 月 3 日早晨 7 点 05 分

虞美人·忆舒亶

好山尽带好云水，悬帆烟波起。凤箫声断明月寒，相逢随缘聚散，倚栏看。　　多情应识人世老，飘然风雨道。一枕伤春独登台，梦回家山闻遍，千朵梅。

2020 年 7 月 3 日 13 点 12 分

青玉案·忆贺铸

千里家山白云路，旧相送，挥泪去。试问空棹谁与度？花落庭院，虚设朱户，闻说雁归处。　　寥天空阔荒江暮，孤帆凭添断肠句。烟波愁长长几许？欲寻芳草，满目秋絮，只见芙蓉雨^①。

2020 年 7 月 5 日凌晨 4 点

①芙蓉雨：芙蓉开在秋天，故指秋雨。

菩萨蛮·忆陈克

　　清秋寂寞绕深院，身心半随芭蕉卷。落叶上阶飞，残荷自在垂。　　别来旧时燕，向晚黄花转。遥听玉笛声，凄然入梦轻。

　　2020年7月6日凌晨4点21分画余偶填

渔家傲·忆朱服

春态十分花雨细，一堤柳絮青烟里。温柔燕莺飞不起。思无际，和我新诗付流水。　　重逢大笑能有几？百年留连亦无计。人生痛快是酒市。拼一醉，畅怀共消尘世泪。

2020年7月7日午夜23点28分于上海锦江饭店

虞美人 · 忆叶梦得

　　一树天香梨花舞，染袂多情雨。为我留连惜残红，对此游丝，无处不胜空。　　曾经年少同携手，花下月中酒。相对一笑解愁眉，本应浓情，无奈人老时。

　　　　2020 年 7 月 9 日夜 22 点 58 分画余即成

清平乐 · 忆赵令畤

　　风物依旧，十年当时柳。留取青山云欲就，孤雁南飞时候。　　松溪潺湲空门，落花一地销魂。唯有久客憔悴，又送几个黄昏。

2020 年 7 月 10 日凌晨 2 点 43 分

八六子 · 忆秦观

　　风过亭，十里水草。萋萋尽带愁生。恰当年从此别后，堪消旧欢分时。夜回暗惊。桃柳深浅娉婷，一番风雨和梦，半帘月色柔情。　　无奈向、多少往事如水，归雁望断，华年半减。别愁纷纷落叶弄晚，霭霭迟暮雨晴。自销凝^①，空闻鹧鸪声声。

2020 年 7 月 10 日 18 点 06 分

①销凝：茫然出神。

临江仙 · 忆晏几道

　　归棹云烟横锁，帘阁初灯低垂。且忆去年春来时。花笑人并立，柳风燕双飞。　　悄悄向晚初见，行行飘飘素衣。眷眷遗情足相思。异乡明月在，怅照此心归。

2020 年 7 月 10 日午夜 23 点 30 分

采桑子·忆欧阳修

　　一派江南秋色好，三千残红，烟渚濛濛，芙蓉乱点半江风。　　歌罢花落人归去，归棹语空，试卷帘栊，又添新愁月明中。

2020 年 7 月 11 日凌晨 1 点

青玉案·忆黄公绍

十分春态柳如线，人不见、空飞燕。一夜雨过春已半[1]，老身尚在，落红深处，古木溪桥畔。 萧萧华发对余晖[2]，点点归雁别恨满。情绪散落芦汀岸，明月空戴，佳酿谁劝，独醉天地管。

2020 年 7 月 11 日凌晨 2 点 28 分

①春已半：指年华已老，此生已过半。
②余晖：夕阳余晖，亦指生命的后半生。

蝶恋花·忆周邦彦

终宵乌啼魂不定，月落梦残，桐叶满孤井。对镜画眉双目炯，绣帐鸳鸯翠被冷①。　　假寐何曾对烛影，虚作徊徨②，低语窃自听。无计卷帘望斗柄③，星空千里愁相应。

2020 年 7 月 11 日早晨 6 点 22 分

①冷：冷清、孤独。

②徊徨：仿徨不安的样子。

③斗柄：北斗星座当中的第五颗到第七颗，三颗星形如斗柄，故称，这里亦可指夜空。

玉楼春·忆晏殊

　　几回魂销花雨路，当年芳草无踪去。悄然伤神三更钟，坐对消瘦黄昏雨。　　多情更恨无情苦，一分相思十万缕。旧欢新愁惆怅时，明月闲照空忆处。

2020 年 7 月 12 日凌晨 2 点 25 分

踏莎行·忆欧阳修

久病茶残，草长柳细，空对落花思征辔。千峰万壑思无穷，自古人生如逝水。　　苍颜寸肠，华发珠泪，登高最恨黄昏倚。斜照江天似家山，乡思更落江天外。

2020 年 7 月 12 日凌晨 4 点

少年游·忆柳永

　　送别归棹意迟迟，林高秋风嘶。古松冈外，芙蓉岸上，云挂一帆垂。　　此去迢递无踪迹，何处问归期。孤雁声疏，江舟萧索，明月又缺時。

2020 年 7 月 13 日 0 点 35 分

梦江南·忆温庭筠

桃花恨，粉泪遍天涯。流水不知人间事，风雨消磨空落花，春残夕阳斜。

2020 年 7 月 13 日凌晨 1 点 28 分

读韩元吉六州歌头词有感得此

东风无意春无情，
天涯消息久未闻。
残酒昏灯梦醒迟，
卧听巷口卖花声。

2020 年 7 月 14 日上午 11 点

读史达祖玉蝴蝶词句得此

晚雨渐凉已入秋，

一笛泣风忆旧游。

浮生未有安身处，

芒鞋踏破雁当楼。

2020 年 7 月 15 日凌晨 4 点 20 分

风入松·忆吴文英

　　无梦无酒过清明，愁对落花铭。云移苦雨垂归路，风里柳，雨里别情。野花幽草付黄酒，更怜今宵流莺。　　曾忆相送十里亭，风高寻芳晴。细数蜂蝶秋千索，坐久已觉沾香凝。惟忧思君不到，烛光一滴泪生。

2020 年 7 月 15 日凌晨 4 点 33 分

清平乐·忆玉安国

问春何住，付与柳莺语。一池新红出泥污，笑看昨夜风雨。　　动人江楼琵琶，旧弦音绕天涯。闲来低吟绮户，多情无非落花。

2020 年 7 月 16 日早晨 5 点 55 分

读宋周邦彦兰陵王词得此

几番曾见隋堤柳，

登临谁识故国秋。

应折柔条过千尺，

夜渡灯火照离愁。

2020 年 7 月 16 日上午 10 点 16 分

虞美人·忆晏几道

坐觉一念心如水，日暮云相倚。人生有期更无期，那堪多情时候忘情归。　　恨如雁断声犹在，消得几回改。万丈红尘入素弦，且将柔情闲掷秋江前。

2020年7月16日上午10点49分

木兰花 · 忆宋祁

碧桃花漫人间好，人间归去多客棹。洞中光景岁月轻，洞外枝头春意闹。　　深知浮尘欢娱少，且向尘世付一笑。劝君同醉共斜阳，莫对白头留晚照。

2020 年 7 月 16 日中午 11 点 08 分

踏莎行·忆晏殊

相逢高歌，沉饮离宴，别后更忆旧时面。家山遥听风林嘶，故人常入梦里转。　　归魂难消，乡思不断，明月空照两地远。长江浩渺连波愁，关山叠嶂自踏遍。

2020 年 7 月 16 日中午 12 点 50 分

生查子·忆牛希济

桃李和风收，天香珠露小。褰衣踏月明，杯空临清晓。　　别离多，情难了。梦里乡关道。一片春愁生，无言对芳草。

2020 年 7 月 17 日凌晨 1 点 30 分

谪仙怨·忆刘长卿

归棹斜阳初低，碧水无力解携。

落花不计远近，各自飘然东西。

梦里千里万里，听溪前溪后溪。

举杯将月而去，渔火一望萋萋。

2020 年 7 月 17 日凌晨 2 点 22 分

读唐韦应物调笑令词得此

举杯将月独吞，
月入诗肠晶莹。
莫怨阴晴圆缺，
故国明月在心。

2020 年 7 月 17 日凌晨 3 点 03 分

菩萨蛮·忆李晔

谁忆雷塘隋宫殿，美人依约旧飞燕。花开春江流，花谢入孤丘。 岁暮云遮树，日落行人去。可怜真英雄，魂散空野中。

2020 年 7 月 17 日早晨 6 点 13 分

雷塘隋宫：在扬州雷塘镇境内，当年隋炀帝建行宫于此。

江城子 · 忆牛崎

　　蕉花露泣画楼东。月照空，树临风。冷香水殿，一枕旧梦中。几回望乡心浪起，关山遥，正蒙蒙。

2020 年 7 月 17 日早上 6 点 47 分

临江仙·忆徐昌图

　　悠悠一江东去，处处浮云飘蓬。野堤古柳影重重。回首心自远，相顾惜残红。　　问君归棹何处？月上梧桐朦胧。故园无语思正浓。酒薄三更梦，芭蕉五更风。

2020 年 7 月 17 日上午 8 点 22 分

诉衷情·忆硕夏

醉人春红何处去？空啼莺。锦帷掩，愁敛，月西沉。寂寂难思寻，绣香衾。用我心，换你心。可知孤梦深？

2020 年 7 月 17 日上午 8 点 49 分

南乡子·忆欧阳炯

汀岸雁平,漫漫悠悠落霞明。江花含露使人迷,临水,莲池掩映香风起。

2020 年 7 月 18 日凌晨 3 点 50 分

杨柳枝·忆顾夏

秋庭斜月思寂廖，忆迢迢。案台昏沉香烟销，风烛摇。断弦试问人何去，无觅处。忍看窗外雨潇潇，听芭蕉。

2020 年 7 月 18 日凌晨 4 点 11 分

谒金门·忆书庄

长相忆，深情暗盼消息。敛态鬓霜已不识，初心何处觅？　　春残枕孤无力，凝然愁望旧迹。皓月画堂心寂寂，空照云水碧。

2020 年 7 月 18 日凌晨 4 点 23 分

相见欢·忆李煜

白头更惜残红，逝匆匆。倚疏帘卷无意怯秋风。　　天涯泪，和梦醉，隔重重。空有柔情尽付水流东。

2020 年 7 月 18 日凌晨 4 点 30 分

读宋李之仪卜算子词句得此

日日思君梦几许，思君不见问归期。无限意、几时休？惟愿两心永相惜。

2020 年 7 月 20 日凌晨 3 点 35 分

浪淘沙令·忆李煜

　　木落雨潺潺，秋意正残。雁过江渡声正寒。飞花随波催归客，无心闲欢。　　极目凭朱栏，寂寞云山。借问此生何时还①？别来情绪魂去也，难了②人间。

2020 年 7 月 20 日凌晨 4 点

①还：这里指轮回，重生。
②难了：难以了断，难以言状。

望江南·忆温庭筠

梦醒罢，蛩声入画楼。秋水烟雨晴如是，落花无语共悠悠。寂寞夕阳洲。

2020 年 7 月 20 日凌晨 4 点 07 分

忆秦娥·忆李白

箫笛咽，空待青琐^①帘外月。帘外月，良宵虚设，几番伤别。　　却怕黄昏清秋节，无言倚栏望尘绝。望尘绝，泪湿残照，天涯歌阕。

2020 年 7 月 20 日凌晨 4 点 13 分

①青琐：指精美的房间。

渔歌子·忆张志和

风轻雨细白鹭飞，桃红瘦软绿水肥。青云起、沾花衣。长使游子不思归。

2020 年 7 月 20 日凌晨 4 点 20 分

读唐戴叔伦调笑令词句得此

江山领略诗兴，

归来万里深情。

一路花开花谢，

元知故乡月明。

2020 年 7 月 20 日凌晨 4 点 29 分

竹枝·忆李涉

云水含情野花开，
陂塘柳色半亭台。
杜鹃声断夕阳醉，
一悬归帆日边来。

2020 年 7 月 20 日凌晨 5 点

调笑令·忆玉建

画扇，画扇，无端憔悴遮面。花谢花开年年，夜夜和风管弦。弦管，弦管，独凭朱栏望断。

2020 年 7 月 20 日凌晨 5 点 16 分

潇湘神·忆刘禹锡

花满枝，泪满枝，春花含泪满相思。客里怕听东风怨，乡关千里月明时。

2020 年 7 月 20 日凌晨 5 点 21 分

梦江南·忆皇甫松

春红落，柳丝掩芭蕉。记得去年梅熟日，雨欢烟泣风潇潇。难忘送别桥。

2020 年 7 月 20 日早晨 6 点 50 分

更漏子·忆温庭筠

寒夜长，冷雨细，帘外棹声迢递。惊归雁，听啼乌，梦起闻鹧鸪。　　欢情薄，俱谢幕，自醉临风倚阁。影对背，空帘垂，寸心君不知。

2020 年 7 月 20 日早晨 7 点

更漏子·忆温庭筠

冷香炉，蜡成泪，繁华渗透愁思。浮生薄，故梦残，别语入心寒。　月满树，星空雨，莫怨世情离苦。泪页页，雨声声，独听到天明。

2020 年 7 月 20 日早上 9 点 59 分窗外大雨

读后唐李主李煜破阵子词句得此

家国无凭为臣虏^①，

三千河山皆换主^②。

垂泪低唱别离歌，

从此梦里金陵^③路。

2020 年 7 月 20 日早上 10 点 20 分

①臣虏：指李煜被宋俘虏。

②换主：后唐换了主人，纳入北宋。

③金陵：指后唐都城南京。

春光好·忆和凝

东风软，花月明，远水轻。烟锁柳丝栖岸汀，雁声声。　　心事或多或少，醉里半梦半醒。暖觉拈花夕阳晚，空多情。

清平乐·忆冯延巳

花谢春晚，双眉心事满。十分憔悴杏雨院，香阁半帘闲卷。　　几度泪湿朱阑，记得那年月弯。落妆新愁又起，画楼冰簟①欲寒。

2020 年 7 月 21 日凌晨 3 点

①冰簟：竹席。

谒金门·忆冯延巳

思正起，枕腻一行泪水。鬟乱对镜黄昏里，空绣寸心蕊。　　鸳鸯阑干独倚，一曲离声花坠。夜夜思君君不至，垂泪又暗喜。

2020 年 7 月 21 日凌晨 3 点 05 分

长相思·忆冯延巳

花满枝，香满枝。入槛风清醑起迟，月闲和梦移。　　盼归期，恨归期。别来无计相逢稀，当楼月圆时。

2020 年 7 月 21 日凌晨 4 点

虞美人·忆李煜

　　天涯飘零何时了，故梦知多少？最解落花是秋风，与君高歌沉醉月明中。　　古今幽恨犹依在，帘外人世改。绿杨清瘦雁归愁，往事难了空对水自流。

2020 年 7 月 21 日凌晨 5 点

浣溪沙·忆薛昭蕴

　　三月江南春正雨，七分云山鸥成行。诗画乡里水墨香。　　清露闲花深望里，冷暖天气思君郎。江亭一别自茫茫。

2020 年 7 月 21 日午夜 23 点 18 分

读宋范仲淹渔家傲词得此

乃心踌躇归无计，

千里乡关霜满地。

残红不解征夫泪，

念人断肠一雁飞。

2020 年 7 月 22 日 0 点 40 分

菩萨蛮·忆韦庄

疏风催教梦正好，落花一半春已老。今宵醒柳堤，听雨还入迷。　　春水几度绿，羞问鸳鸯浴。深情付余晖，问君安可知？

2020 年 7 月 22 日早上 9 点

菩萨蛮·忆韦庄

当下挥霍应一醉，颓年莫提少年事。浮欢旅人心，薄凉情更深。　　时逝良辰短，莫对清醑①满。披拂自呵呵，壮心又几何？

2020 年 7 月 22 日上午 9 点 22 分

①清醑：美酒。

相见欢·忆李煜

锦瑟年华入秋，徒回首。何苦留取故魂独登楼。　　花半落，水空流，天涯愁。尘世绡尽几许已白头。

2020 年 7 月 22 日上午 9 点 30 分

巫山一段云·忆李珣

夕阳依青嶂，
明月枕碧流。
含泪春风湿画楼，
恋君忆悠悠。
归雁声声暮，
万里问寒秋。
一去心知悬孤舟，
萧萧随波愁。

2020 年 7 月 22 日上午 9 点 55 分

浣溪沙·忆孙光宪

　　策杖拔云松风香，山槛一望碧水长。残暑桐花闪秋光。　　问君消息去杳杳，旧欢如梦两茫茫。黄昏微雨忆故乡。

2020 年 7 月 22 日上午 10 点 29 分

临江仙·忆毛文锡

　　乱山片云横斜阳。微雨好风潇湘。逍遥洞庭水茫茫。碧波红树，清幽栖画堂。　　万象来去空飓碎，百花落尽余香。别后一曲起清商①。浮欢凄切，思君关山长。

2020 年 7 月 22 日上午 11 点 25 分

①清商：民间的乐曲。

玉楼春·忆钱惟演

　　穿云登高飞霞乱，满目风光水拍岸。杨花送春几时休？秋江归帆烟波断。　　半生白头已觉晚，老眼忍泪惊偷换。多病多梦厌酒樽，梦对酒樽惟恐浅。

2020 年 7 月 22 日 12 点 30 分

雨霖铃·忆柳永

寒风凄切，莫名秋晚，往事初歇。无端消减情绪，尘老处、错教白发。执书字字泪眼，更泣尽凝噎。兰舟去、空留烟波，晚雨初晴江天阔。　　一片伤心多离别，更那堪，凄凉清秋节。珍重却对何处？梧桐月、空照秋千。试问年年，谁说与良辰多虚设。有情终古觉无情，分付与谁说？

2020 年 7 月 22 日下午 14 点 30 分

蝶恋花·忆柳永

春雨滋味风细细，淡香生愁，柔情在天际。休怅岁月迟暮里，倦向云山寻诗意。　　拟把好酒拚一醉，载花欲歌，利向苦无味。为君消瘦终不悔，空对夕阳独憔悴。

2020 年 7 月 22 日下午 14 点 55 分

读宋柳永八声甘州词得此

潇潇暮雨洗清秋，

凄凄霜风送归舟。

片帆从此寄天涯，

一灯新梦凝乡愁。

春云秋水一揽收，

细雨杨花付东流。

年来踪迹已无多，

登高唯有旧画楼。

2020 年 7 月 22 日晚上 19 点 50 分

读宋张先天仙子词得此

午梦醒来愁未醒，
人生能有几会春。
水流花谢年复年，
百代荣华一浮尘。

2020 年 7 月 23 日凌晨 1 点 50 分

浣溪沙 · 忆晏殊

一夜风雨酒一杯，思君重上旧亭台。秋雁南飞几时回？　　聊试茶花夜归去，杖头挑得明月来。诗无半句独徘徊。

2020 年 7 月 23 日凌晨 2 点

蝶恋花·忆晏殊

海棠半开咽泣露，秋枝微寒，人随孤雁去。残红处处带离苦，更无明月照朱户。　　一夜相思催碧树，独上高楼，最怕天涯路。凭将西风寄尺素^①，与君别来知何处。

2020 年 7 月 23 日凌晨 3 点 13 分

①尺素：指信件。

蝶恋花·忆欧阳修

　　昨夜西风深几许？柳雨如烟，秋江无重数。归帆晃是旧游处，乱云不见去年路。　　天涯沦落伤迟暮，分携黄昏，回首春空住。相逢一笑人不语，停杯且看雁归去。

2020 年 7 月 23 日凌晨 4 点

读苏轼水调歌头词得此

明月有意照无眠，
临风把酒望江南。
人间悲欢寻常事，
百年生死古难全。

2020 年 7 月 23 日凌晨 4 点 50 分

江南：这里指我的故乡。

读宋周邦彦过秦楼词得此

千里忧思人无眠，
夜残梦沉对清蟾。
乡书不见怨归迟，
容消拭泪久凭栏。

2020 年 7 月 23 日下午 15 点 40 分

读宋晁补之洞仙歌词得此

桂影飘香入素秋，
冷浸佳淡脂粉流。
旧欢新梦付金樽，
更携明月上画楼。

2020 年 7 月 23 日下午 15 点 57 分

桂枝香·忆王安石

　　苍岩极目，看峰外盛秋，雨过初肃。山外青江似练，云帆如簇。可怜千寻夕阳里，吞西风，孤影斜矗。往事且淡，新愁又起，满腔难足。　　忆往昔、壮志空逐，望秋水楼头，啼雁更续。一秋桂子对此，无计荣辱。万千功业随流水，俱如烟、秋红春绿。英雄儿女，畅怀犹唱，大江遗曲。

2020 年 7 月 23 日 16 点 20 分

读宋苏轼念奴娇词得此

谈笑当年赴神游,

大江千古月当楼。

豪杰纷纷终归去,

壮心奈何水东流。

2020 年 7 月 23 日下午 18 点

定风波·忆苏轼

半生回望别离声，沧落伤情且徐行。故山归心胜快马，莫怕！一路诗画慰平生。　　尊前落花催梦醒，渐冷，雨后新虹却相迎。把酒独上登临处，过去，几度风雨几度晴。

2020 年 7 月 24 日上午 9 点 07 分

读苏轼江城子词得此

当年意气气若狂，
千里走骑卷平冈。
对酒高歌鬓入霜，
老夫挽弓射天狼。

2020 年 7 月 24 日上午 9 点 22 分

蝶恋花·忆苏轼

春半尚寒青杏小。闲花落时，蜂蝶多情绕。缠绵柳絮吹不少，天涯何必多芳草！　　一暮烟水云外道。千里行人，但闻几人笑。笑我孤梦魂渐消，无情堪惊多情恼。

2020 年 7 月 24 日上午 9 点 38 分

读宋晁端礼绵头鸭词得此

皓月千里照澄辉，

寂寞关情又一年。

对此空空念旧欢，

往事去去不可追。

秋风萧索露坐久，

无以销愁凭阑干。

料得来宵天一方，

不忍孤雁又南飞。

2020 年 7 月 24 日上午 9 点 51 分

洞仙歌·忆李元膺

春雨过尽，碧莲满池院。行将花朵比青眼。点点落红处，始觉初心，人已远。飞絮轻笑缘浅。　　经年相思处，野庭流芳，此境况味最娇软。怕中秋时候，月明星稀乌啼乱，惊起魂失一半。渐识取，迟暮怯追游，嗟长夜梦寒，空抱自暖。

2020 年 7 月 24 日上午 10 点 05 分

减字木兰花·忆秦观

天涯遗恨，

半生沦落人不问。

无处回肠，

残红入梦空留香。

何事长敛，

更无消息久不展。

独上画楼，

帘卷西风声声愁。

2020 年 7 月 24 日上午 10 点 18 分

读宋贺铸望湘人词得此

几许寻春春几许，
水月清浅燕低飞。
一池落花梦相半，
数点稀星人千里。

2020 年 7 月 24 日上午 10 点 28 分

临江仙·忆晁冲之

薄荷花开对花饮，露枝风摆欢娱。去年别来不见书，旧燕还家了，庭前空如初。 月笼虚寒掩孤梦，声咽相望江湖。问君后会应何如，相约秋风后，且念旧情无？

2020 年 7 月 24 日上午 10 点 50 分

读宋晁补之水龙吟词得此

风雨消磨苦匆匆,

问春欲泣惜落红。

深知春恨常八九,

白发回首已成空。

老来风景情依旧,

断肠啼花叹春瘦。

梁燕双归不相识,

空有当年月上楼。

2020 年 7 月 24 日下午 14 点 25 分

读宋姜白石疏影词得此

苔枝缀玉①宿黄昏，

客里重逢忆旧程。

一壶画楼人不眠，

玉龙②哀曲③感世尘。

2020年7月24日下午14点36分

①苔枝缀玉：长有苔藓的梅枝。梅花像玉一样缀在梅枝上。
②玉龙：笛子名。
③哀曲：指笛曲梅花落。

读宋田为江神子慢词得此

凤箫声断雨初濛^①,

庭前花落泣晚风。

满地夕阳似去年,

闲对新月听晚钟。

2020 年 7 月 24 日下午 14 点 53 分

①初濛：雨初停下来濛濛的样子。

读宋史达祖秋霁词得此

瘦骨临风少年游，

归来已是两鬓秋。

故园信息今断送，

但可怜处是乡愁。

2020 年 7 月 24 日下午 15 点 05 分

读宋辛弃疾水龙吟词得此

断鸿声里惜流年，

秋江多少英雄泪。

栏干拍遍登临意，

十万游子①思长安②。

2020 年 7 月 24 日下午 15 点 16 分

①十万游子：指离开了沦陷区的父老乡亲，纷纷南逃。都
盼望着南北一统，早日回到故土。

②长安：西安。这里指首都。亦可指北宋都城开封。

忆江南·忆白居易

江南好，春风著两岸。桃红柳绿双飞燕，新月斜挂碧云天，能不忆江南？　　江南忆，最忆是秋天。十里桂子香万家，水月芙蓉鸳鸯眠，能不忆江南？

2020 年 7 月 24 日 17 点 11 分

读宋秦观鹊桥仙词得此

柔情似烟恨似风，
相逢无期梦成空。
半床花月坠粉泪，
百感都随流水东。

2020 年 7 月 24 日 17 点 25 分

读宋曹组蓦山溪词得此

孤芳一枝斜，
瘦骨呈风华。
凌寒著清香，
独饮对落花。

2020 年 7 月 24 日 17 点 28 分

读宋徐伸转掉二郎神词得此

繁花掩映带春愁，

满庭芳菲一时休。

觉来幽梦空对月，

此生长恨无所留。

2020 年 7 月 24 日 18 点 06 分

读宋卢祖皋江城子词得此

雁帖寒云感飘零，
哪堪年华空多情。
人间所事多惆怅，
载酒弄月逐花魂。

2020 年 7 月 24 日 18 点

读岳飞满江红词得此

三十功名付白头，
壮志空怀家国仇。
千秋丹心昭日月，
风波亭前使人愁。

2020 年 7 月 24 日 18 点 18 分

读宋袁去华安公子词得此

绿阴桥边闻啼莺，
溪上人家柳色新。
花笑水迎本无意，
勾起一片游子心。

2020 年 7 月 24 日 18 点 26 分

读陆游钗头凤词得此

春残不堪对花愀，
风声雨声声声愁。
莫道有情似无情，
山盟全非人空瘦。

2020 年 7 月 24 日 18 点 30 分

读陆游卜算子咏梅词得此

寂寞断桥立黄昏，

生来无意苦争春。

只留清香在人间，

笑看风雨著诗魂。

2020 年 7 月 24 日 19 点

读宋张孝祥六州歌头词得此

长安望断气纵横，

千里关山月照明。

壮行踏遍云和树，

故国梦里泪如倾。

2020 年 7 月 24 日夜 21 点

读宋陈与义临江仙词得此

几度缘深到湘中，

老眼凝望秋已红。

千古诗魂最伤情，

江水心事泪无穷。

2020 年 7 月 25 日凌晨 1 点 30 分

读宋鲁逸仲南浦词得此

单于一曲舞黄昏，
万点相思落孤魂。
故国梅花正盛开，
归梦无期付啼痕。

2020 年 7 月 25 日凌晨 2 点

读宋张抡烛影摇红词得此

半生流光星斗换，
今宵烛影关山远。
几声归雁寒风里，
数点渔火对乡愁。

2020 年 7 月 25 日凌晨 2 点 22 分于深圳客舍

读宋范成大霜天晓角词得此

夕阳晚晴云天淡，

此心万水与千山。

多情断送谁共说？

惟有几点低飞雁。

2020 年 7 月 25 日凌晨 2 点 50 分

读李清照渔家傲词得此

烟里悬帆云外树，

雁行归棹去何处。

梦魂尘满惜流年，

身老心情弄晓雾。

诗里应有惊人句，

笔头白发嗟日暮。

蓬舟载我三山去，

天风海涛千帆舞。

2020 年 7 月 25 日凌晨 3 点

一剪梅·忆李清照

冷露珠帘晚入秋，寒侵素裳，更凭兰舟。江湖满地雁飞来，枫叶红时，独坐江楼。 而我飘零泪自流。何来乡思？云移闲愁。筇笛声声无可除，悲上眉头，痛入心头。

2020 年 7 月 25 日凌晨 3 点 20 分

读宋张炎解连环词得此

楚江久坐愁生还，

云水万里雁归来。

谁怜旅愁天涯苦，

孤梦返乡年复年。

2020 年 7 月 25 日凌晨 3 点 33 分于深圳华安酒店

读宋张炎八声甘州词得此

望里家山泪悠悠，

羁旅辛苦半生秋。

一片乡思无着落，

感零夕阳怕登楼。

2020 年 7 月 25 日凌晨 3 点 40 分

读宋舜捷女冠子词得此

客里乡关况自伤，
瘦尽诗骨细思量。
一片丹青画不成，
月到中秋更断肠。

2020 年 7 月 25 日凌晨 3 点 44 分

读宋程垓水龙吟词得此

风雨匆匆感旧年，

故园落花人憔悴。

醉里望月月含羞，

老来观花花带泪。

2020 年 7 月 25 日凌晨 4 点 05 分

读宋姜夔念奴娇词得此

青盖亭亭舞东风，
秋水徐徐送落红。
清魂犹恋池中月，
冷香诗句上玉容。

2020 年 7 月 25 日凌晨 4 点 13 分

读宋周密瑶花慢词得此

春来春去又春晚，

花落花开几花谢。

江南江北多往事，

使君莫忘旧少年。

2020 年 7 月 25 日凌晨 4 点 20 分

读宋玉沂孙眉妩词得此

斜月渐新淡穿云，
长夜休问旧心情。
和风和雨两不眠，
别是愁肠挂秋冷。

2020 年 7 月 25 日凌晨 4 点 30 分

读宋吴文英渡江云词得此

夜露无声月无痕，

栖鸦不定孤烟冷。

人间所事皆情缘，

思怨是非古难清。

2020 年 7 月 25 日凌晨 4 点 36 分

读宋吴文英唐多令词得此

日日望君归行舟，
年年芙蓉江上秋。
垂柳不解离人苦，
斜挂烟雨合成愁。

2020 年 7 月 25 日凌晨 4 点 45 分

唐多令·忆刘过

别绪满汀洲，寒风带泪流。中年梦觉坐画楼。雨过归棹心未稳，问何日，共中秋。　　明月疏枝头，千里人知否？盼重逢又生新愁。江南一醉桂花酒，曾经似、少年游。

2020 年 7 月 25 日凌晨 4 点 55 分

读辛弃疾菩萨蛮词得此

富春一望清江水，

老笔披图已千年。

江山总成无限恨，

可怜如今隔两岸。

2020 年 7 月 25 日中午 11 点 45 分

读辛弃疾青玉案元夕词得此

东风淡荡春花舞，

盈盈佳人香满路。

只应一别总关情，

从此梦回千百度。

2020 年 7 月 25 日中午 11 点 50 分

读辛弃疾永遇乐词得此

锦绣江山多豪杰，

歌台舞榭总不绝。

英雄赢得千年名，

一朝班师万骨寒。

2020 年 7 月 25 日 13 点 05 分

读宋姜夔霓裳中序第一词得此

笛里关山满地秋，

乱落萍莲飘零久。

双燕如客今何在？

却忆当年旧亭楼。

2020 年 7 月 25 日 13 点 25 分

读宋刘辰翁永遇乐词得此

香尘暗陌可怜宵，
江南无路家山遥。
繁灯明昼虚浮华，
宣和旧事断魂销。

2020 年 7 月 25 日 13 点 52 分

读宋刘辰翁永遇乐词得此

香尘暗陌可怜宵，
江南无路^①家山遥。
繁灯明昼虚浮华，
宣和旧事^②断魂销。

2020 年 7 月 25 日 13 点 52 分

①江南无路：指南宋灭亡之后，作者无路可走，无家可归，伤时感怀，凄苦之至。

②宣和旧事：宣和是宋徽宗的年号，这里指北宋以来的往事。写出了刘辰翁对宋朝的无限留恋和怀念、道出了自己的亡国之痛。

读宋姜夔暗香词得此

竹里梅花竹外春，
疏影依约画屏人。
便须伴醉且折枝，
旧时月色最销魂。

2020 年 7 月 25 日 14 点 19 分

丑奴儿·忆辛弃疾

天生识得愁滋味，空守画楼。空守画楼，一点新墨一点愁。 只今不识愁滋味，多情已休。多情已休，闲心随意过清秋。

2020 年 7 月 25 日夜 20 点 35 分

读辛弃疾南乡子词得此

夕阳一片满汀洲，
云帆半挂碧波流。
望断江南登临处，
无限风光北固楼。

2020 年 7 月 25 日夜 20 点 55 分

读宋刘敞叟贺新郎词得此

少年情怀凌云笔，老眼虚空入四海。

千秋佳色去无迹^①，春华尽付苍生泪。

2020 年 7 月 26 日凌晨 1 点 20 分

①去无迹：指南宋王朝国势衰弱。

读宋周密花犯词得此

楚江堪爱素月明，
长夜漫记老泪清。
莫忘灯前别离苦，
岁寒伴侣最关情。

2020 年 7 月 26 日凌晨 1 点 51 分

读宋彭元逊疏影词得此

江空萧萧去不尽，

木落沉沉藏风声。

溪山深深闻夜笛，

客楼依依对月明。

更待年来花千树，

醉入江南一夜春。

2020 年 7 月 26 日凌晨 2 点

声声慢 · 忆李清照

半生寻觅，回头冷清，凄惨使君戚戚。天涯落暮时候，无可将息。灯火沦落杯酒，无计他风雨更急。人去也，旧伤心，奈何曾经相识。　　满目月光堆积，一夜损，谁能伴我堪摘？对镜清泪独自，无寐晨黑！十里亭外暮雨，恨黄昏、帘卷点滴。恐此生，逐一抹残红了得！

2020 年 7 月 26 日凌晨 2 点 15 分

鹧鸪天·忆周紫芝

　　客旅十年东望时，乍惊秋月照屏帏。怕听三更梧桐雨，点点滴滴是别离。　　空琴瑟，冷金猊①。忆君同唱大江词。灯火风雨钱塘夜，梦里江潮共泪垂。

2020 年 7 月 26 日凌晨 2 点 25 分

①猊：狻猊、是猛兽名，这里指象狻猊的香炉。

读宋徽宗赵佶宴山亭词得此

江山零落无凭寄①，

孤魂离愁何处去？

旧欢新梦觉来时，

多少宫阙凄凉意。

故国②望断玉蟾③低，

千里尘土家迷离。

画里楼台空繁华，

无限愁肠旧滋味④。

2020 年 7 月 26 日凌晨 2 点 35 分

①江山零落无凭寄：徽宗父子为金人所掳，从此沦为囚徒。

②故国：指北宋。

③玉蟾：明月。

④画里楼台空繁华，无限愁肠旧滋味：徽宗身陷囹圄，只有通过画里的江山楼台来回忆当年的繁荣和奢华，却又带来无限的痛苦和悲凉。

浣溪沙·忆吴文英

空阁冷坐感旧游，离人心上别后愁。孤桐交加月如钩。　　一夜春露叶带泪，半妆轻烟花含羞。水肥石瘦胜于秋。

2020 年 7 月 26 日凌晨 2 点 50 分于深圳客舍

南乡子·忆潘坊

　　寻芳倚阑干，云里花树云外山。夹岸绿阴千里水，依然，六月梅雨去又还。　　画堂绣飞鸾，醉里欢宴听佩环。无端落花纷纷下，更阑，对此消瘦独自看。

　　　　　　　　　　　2020 年 8 月 1 日 15 点 15 分

紫英香慢·忆姚云文

又重阳，收拾风雨，
拔云寻花暄明。
问乡思浓未，
半生客、过江城。
策杖徐徐多感，
黄花凋零处，
莫名生情。
还平生尽忆、插遍茱萸人，
穷达不计老来宾。

风清，沉醉欲醒，
泪试洗言已贫。
千涯秋色如昔，
梦难料、已纷纷。
一番豪情随风去，
无人知晓，
今宵数点寒星，
几许涕零！

2020 年 7 月 26 日凌晨 3 点，窗外酷热

魂归千年——岑其与唐宋词的对话

今晚终于完成与这本诗集的最后对话。此书五年前就开始进行构思，去年正式启动创作，近期来随着创作的不断深入，我的心绪也一直随着词意而浑然一体，使人难以自拔。

有李白之壮阔、有李煜和赵佶之亡国痛、有张志和之淳朴、有温庭筠和柳永之委婉柔情、有东坡之豪放和雄浑、秦观和李清照之旅愁和感伤、有陆游之孤芳和深沉、辛弃疾之忧患和悲歌、晏殊之无奈和吴文英之含蓄等等，我仿佛与上百位的诗人做了一次心灵对话，个中悲欢滋味、伤世之情无法用言语来表达我是在享受文字中的美好还是在承受文字外的感动！然，登高望远，泪湿衣襟，中华文化独特的文字韵味让我深感沉醉和好奇，也感慨自己多少年来，在这充溢着无限深情的土壤中的自我耕耘和锤炼！